NARRATORI DELLA FENICE

ISBN 978-88-6088-494-7

Gruppo editoriale Mauri Spagnol
www.guanda.it

MARCO VICHI
UN TIPO TRANQUILLO

UGO GUANDA EDITORE
IN PARMA

UN TIPO TRANQUILLO

«Mi sento fortunato, prima di tutto perché ho un'armonica.»

TOTÒ DYNAMITE

«Nemo ante mortem beatus dicendus est.»

Antico proverbio

«Anche nell'Eden si sogna un nebuloso orrore.»

Anonimo di epoca imprecisata

«Amore? Ti sei addormentato?»

Mario aprì gli occhi, allungò una mano e abbassò la musica. Si mise a fissare la porta, un po' irritato, e sentì bussare di nuovo.

«Cosa c'è?»

«Sono le otto e mezzo...»

«Arrivo.»

«Ho già buttato la pasta.» Sua moglie aveva sempre quel tono gentile, da trentasette anni. Quella sera, per la prima volta, la sua gentilezza lo infastidiva.

«Arrivo...»

«È successo qualcosa? Stai bene?» Gisella aspettò una risposta che non sarebbe arrivata. Mario la sentì finalmente ciabattare verso la cucina, e gli scappò un sospiro. Si aggiustò gli occhiali sul naso. Alzò di nuovo la musica e chiuse gli occhi. Le *Sinfonie Celebri* di Rossini, dirette da Toscanini. Era la prima musica che aveva ascoltato, da bambino, seduto sulle ginocchia di suo padre che abbracciandolo mugolava le stesse note soffiando un alito tiepido sulla sua guancia. Dopo la prima volta, aveva chiesto spesso a suo padre di tenerlo sulle ginocchia ad ascoltare quella musica. Per lui era una specie di magia che dal grammofono e dalle labbra di suo padre uscisse la stessa melodia, una musica da grandi che però era divertente. Ancora oggi era uno dei dischi che ascoltava di più. Anzi, in certi periodi ascoltava solo quello. Gli piaceva ritrovare ogni sera quelle stesse note, e ripercorrerle con la mente in ogni minimo particolare. Gli dava una sensazione di benessere che in altre faccende non riusciva a trovare. O forse non era il benessere che cercava in quella musica, ma un punto fermo, una certezza rassicurante a cui attaccarsi. Ormai conosceva anche i *toc* dei graffi. Ce n'era uno particolarmente rumoroso che anticipava di un secondo la carica del *Guglielmo Tell*, ma ormai se non lo avesse sentito gli sarebbe mancato. In quel periodo lasciava le *Sinfonie* direttamente sul piatto, protette dal coperchio. Doveva solo accendere l'impianto e premere un pulsante.

Non si decideva ad alzarsi. Stringeva i denti ritmicamente, seguendo la musica, e immaginava i muscoli delle mascelle che si gonfiavano. Si aspettava da un momento all'altro che sua moglie bussasse di nuovo, e sapeva già che le avrebbe risposto male. Ma forse era proprio questo che voleva. Un'occasione per... Immaginò la scena, e si vergognò. Cosa c'entrava Gisella se lui si sentiva in quel modo? Era una cosa tutta sua, non doveva farla pesare sugli altri. E poi com'è che si sentiva? Doveva essere solo stanchezza, per via della primavera. Non solo stanchezza, a dire il vero. Anche una strana agitazione, sotto la pelle, come se miliardi di formiche minuscole gli camminassero dentro le vene. Se ci fosse stato un motivo, avrebbe detto che si trattava di rabbia. Ma per cosa avrebbe dovuto essere arrabbiato? E con chi? Quella mattina si era svegliato di ottimo umore, e adesso invece era come se avesse perso ogni gioia.

Quella stanza era *il suo buco*. Lo chiamava così solo mentalmente, non lo sapeva nessuno. Era stata la stanza di sua figlia, prima che lei se ne andasse via di casa per sposarsi. E lui l'aveva trasformata nel suo buco. Una poltrona marrone abbastanza comoda, con lo schienale spinto contro un angolo, e un poggiapiedi imbottito che era stato di sua madre. Una libreria con vecchi libri letti e riletti, una lampada a piede, un mobile per l'impianto stereo e per i dischi. Aveva anche un lettore per i cd che gli aveva regalato suo figlio, ma non lo aveva mai usato.

Da anni c'era una regola: lui poteva chiudersi a chiave in quella stanza, tutte le volte che voleva. Sua moglie bussava raramente alla porta, ma quando capitava non provava nemmeno ad abbassare la maniglia, sapeva che era inutile. Non lo capiva nemmeno lui come mai avesse bisogno di chiudersi dentro a chiave, ma la sensazione di isolarsi in quello spazio senza che nessuno potesse entrare lo faceva sentire bene. Ne aveva bisogno. A Gisella aveva detto che preferiva chiudere perché quando ascoltava la musica a volte gli capitava quasi di addormentarsi, e se lei fosse entrata nella stanza si sarebbe preso uno spavento.

Dovevano essere passati almeno cinque minuti, da quando sua moglie lo aveva chiamato per la cena. In effetti era strano che alle otto e trenta lui non fosse già in tinello, davanti al TG2. Per questo Gisella era venuta a cercarlo. Prima di sentir bussare di nuovo spense l'impianto e si alzò. Uscì dal suo buco e chiuse la porta, ma non a chiave. Quando lui non era nella stanza sua moglie ci poteva entrare, se non altro per fare le pulizie.

Incamminandosi nel corridoio sentì che al telegiornale stavano parlando di una prostituta trovata uccisa, nella campagna intorno a Verona. Si sedette a tavola davanti agli spaghetti coperti con il piatto, e si accorse che sua moglie lo guardava con aria preoccupata. Anche lei aveva coperto il proprio piatto, per aspettarlo. Gisella aveva tre anni meno di lui, ma era invecchiata presto. Una gran bellezza non era mai stata, a dire il vero. Ancora adesso si ostinava a tenere i capelli lunghi e a legarseli in una coda, anche se ormai erano sfibrati e intorno al suo viso magro e pallido non stavano per niente bene. E poi se li tingeva, di un colore che non aveva nulla di naturale.

«È venuto l'imbianchino?» chiese Mario, girando gli spaghetti che si erano un po' incollati.

«Deve venire domani, non ti ricordi?»

«Ah, già.»

«Credevi che fosse già martedì?»

«Mi sono sbagliato, ecco tutto.» Dovevano fare imbiancare il bagno, perché la settimana prima si era rotto un tubo e adesso c'era una toppa di calcina. Lui lo sapeva benissimo che l'imbianchino doveva venire il giorno dopo, ma la domanda gli era uscita quasi da sola. Una specie di bizza. O forse voleva fare ancora qualcosa di strano, qualcosa che facesse preoccupare sua moglie. Non vedeva l'ora di sentirsi chiedere se c'era qualcosa che non andava. Così dalla propria risposta forse avrebbe finalmente capito cosa gli stava succedendo. Da quando di preciso si sentiva così? Forse soltanto da oggi? Era come se ogni cosa gli sembrasse più scialba, e al tempo stesso avvertiva una specie di smania che gli faceva torcere la schiena. Anche gli sguardi della gente, per strada, quel giorno gli erano sembrati diversi. Più freddi, più arroganti. E in ufficio gli aveva dato sui nervi quel clima di stupida allegria.

Al telegiornale adesso stavano parlando di moda. Modelle mezze nude sgambettavano guardando nel vuoto. Mario le fissava, masticando la pasta quasi fredda. Sua moglie posò la forchetta per bere un sorso d'acqua.

«Sei di cattivo umore?»

«No.»

«Non dici nulla...»

«Che dovrei dire?» Di solito quando era davanti al televisore non stava mai zitto, aveva sempre qualcosa da dire contro qualcuno. Quella sera invece non aveva nessuna voglia di parlare.

«Secondo me dovresti deciderti ad andare in pensione. Mi domando cosa aspetti, a sessantadue anni.» Non era la frase che lui si aspettava, e nel tono di sua moglie non c'era nessuna polemica. Non sapeva cosa rispondere. La sua testa era altrove.

«Mi piace lavorare» borbottò. Ma avrebbe potuto dire qualunque altra cosa.

«Potevi già essere in pensione da un anno.»

«Potevo anche essere già morto...»

«Non dire queste cose!» Gisella si fece il segno della croce e si baciò l'indice.

«Hai sentito i ragazzi?» chiese lui. Li chiamava ancora così, anche se Francesco aveva trentadue anni e Simona trentaquattro.

«Ha chiamato Mimma.» Lei l'aveva sempre chiamata Mimma. E Francesco era Nino. Solo per il marito non aveva mai usato nomignoli.

Mario bevve un sorso di vino e si asciugò i baffi con il tovagliolo, macchiandolo di rosso.

«Che ha detto, Simona? Domenica viene a pranzo?»

«Ancora non lo sa.»

«Allora non viene. Sono due domeniche che non viene.» Scosse il capo per sottolineare la sua disapprovazione. Non era solo per il pranzo domenicale. Simona aveva divorziato da poco più di un anno da un marito cinquantenne da cui aveva avuto due figlie, e da qualche mese stava con un ragazzino di ventitré anni che non sembrava nemmeno troppo intelligente, uno spilungone che lavorava in una libreria ma voleva fare il poeta. Quando Simona veniva a pranzo con quell'idiota, l'imbarazzo si tagliava a fette.

Gisella indovinò i suoi pensieri e fece un sospiro paziente.

«Mimma ha molto da fare, è rimasta indietro con il lavoro... Ma forse ci lascia le bambine» disse, per difendere la figlia. Simona lavorava in una piccola casa editrice che faceva quasi esclusivamente guide turistiche, e quando era in ritardo si portava il lavoro a casa. Aveva due bambine, cinque e sette anni.

«Potrebbe almeno trovarsi un uomo e lasciar perdere i mocciosi.» Quante volte aveva già pronunciato la stessa frase? Ma quella sera l'aveva ripetuta meccanicamente, senza convinzione, come se avesse finalmente capito che in fondo quella faccenda non lo riguardava. Aveva soltanto obbedito all'abitudine, al suo compito di padre. Gisella si alzò per andare a prendere il pollo.

«Cosa fanno di male? Sono innamorati» mormorò, uscendo dal tinello.

«Lo so io di cosa sono innamorati quei due» disse lui, e si sentì così volgare che per dissimulare la vergogna aggiunse: «Un po' di dignità, porcaccia miseria». Quando lui usava quel tono sua moglie ammutoliva. E a lui questo piaceva, anche quando sapeva di essere in torto. Sentiva di avere l'ultima parola. In casa sua non aveva nessuno sopra la testa. Era lui a comandare. Una volta aveva letto da qualche parte: *chi comanda è schiavo di chi è comandato.* Non capiva proprio cosa volesse dire quella coglionata. Chissà come mai gli era venuta in mente proprio adesso.

Finì di cenare e si spostò in salotto. Accese come sempre la lampada sopra il mobile e spense il lampadario centrale. Gli piaceva avere intorno quella penombra. Si versò un bicchierino di grappa e si lasciò andare sul divano al suo solito posto, vicino al bracciolo sinistro. Accese un altro televisore, più grande e più nuovo di quello del tinello. Era da sempre che faceva quei gesti, e spesso gli capitava di accompagnarli con gli stessi pensieri. Sua moglie sparecchiava in silenzio, camminando tra la cucina e il tinello. Mario conosceva a memoria ogni più piccolo rumore. Il cigolio dello sportello sotto l'acquaio, il frigo che si chiudeva, il cassetto delle posate...

Di solito lasciava la bottiglia di grappa nella vetrinetta, invece quella sera l'aveva appoggiata sul tavolino a portata di mano. Forse avrebbe bevuto un altro bicchierino.

Dopo aver caricato la lavastoviglie, sua moglie lo raggiunse in salotto e si sedette all'altro capo del divano. Era quello il suo posto. Si misero a guardare un film, un thriller con attori sconosciuti. Gisella riattaccava i bottoni alle camicie di suo marito, poco interessata al film. Ogni tanto raccontava qualcosa. Una persona che aveva incontrato per strada, una notizia che aveva sentito alla radio, nulla di speciale. Lui faceva dei versi di gola per farle credere che fosse una specie di dialogo, ma non ascoltava. Non perché stesse seguendo il film. Stava ancora girando intorno al suo cattivo umore... Come mai si sentiva così cupo? Per quale motivo? A momenti gli sembrava quasi di essere sul punto di scoprirlo, poi tutto si annebbiava. Continuò a cercare nella mente con ostinazione, come se dovesse ricordarsi un avvenimento lontanissimo nel tempo... A un tratto capì che invece lo sapeva, lo sapeva benissimo, l'aveva sempre saputo. L'aveva solo tirata in lungo, volutamente. Senza una ragione, per istinto. Appunto per non sapere...

Era tutta colpa di una faccenda successa quella mattina sul bus, mentre andava al lavoro. Una cosa talmente stupida che stentava a capire come mai gli fosse tornata in mente. Era riuscito a non pensarci per tutto il giorno. Anzi, se ne era perfino dimenticato.

Il bus era pieno come sempre. A una fermata erano salite due ragazzine, e si erano messe proprio davanti a lui. Quattordici anni, forse quindici. Molto carine, piacevoli da guardare. Una bruna e una bionda. Emanavano un buon profumo. Si erano messe a parlottare e a ridere, riprendendo un discorso interrotto. Lui fingeva di essere distratto da qualche pensiero importante, ma le sbirciava di continuo e tendeva l'orecchio per rubare qualche parola. Non capiva tutto, perché a volte bisbigliavano, oppure alludevano a qualcosa che potevano capire soltanto loro. A un certo punto la bruna aveva detto, senza nemmeno preoccuparsi di abbassare la voce: «Quello lì? Ma dai, me lo faccio quando mi pare».

«Secondo me ti ci rompi il culo» aveva detto la bionda, sorridendo.

«Dammi una settimana e ti porto il suo scalpo.»

«Non ce la farai mai.»

«Scommettiamo una pizza?»

«Figurati... Anche una birra.»

«D'accordo.» Si erano strette la mano per convalidare la scommessa, ed erano scoppiate a ridere. Era stato in quel preciso momento che lui le aveva viste trasformarsi. Erano bellissime, avevano negli occhi uno scintillio che... E anche il sorriso... Se avesse saputo dirlo a parole, probabilmente non si sarebbe sentito in quel modo. Era rimasto a guardarle inebetito, cercando di capire i loro sguardi, i loro sorrisi abbaglianti. Ma non ci riusciva. In fondo non sapeva nemmeno lui cosa stesse cercando di capire. Era come se il suo cervello non riuscisse a trovare le parole giuste per... *definire* quelle due ragazze. Quando di lontano vedeva qualcosa in mezzo alla strada e non capiva cos'era, cercava istintivamente di decifrarla, e appena ci riusciva, nella mente appariva la parola giusta: un sasso, uno straccio, un povero animale schiacciato. Adesso aveva davanti quelle due ragazzine, e pensava: due belle ragazzine. Oppure gli occhi. Guardava i loro occhi e pensava: due bellissimi occhi. E così per il sorriso, per le orecchie, per le labbra in movimento. Un bel sorriso, una bella bocca... Erano certamente le parole giuste. Ma allora come mai gli era sembrato che la faccenda non finisse lì? Aveva continuato a sbirciare le due ragazzine, cercando di capire. C'era qualcosa che gli sfuggiva, e non sapeva come fare a... Ma che stupidaggini stava pensando? Si era dato dello scemo, ma un attimo dopo quegli stessi pensieri avevano riacquistato la loro oscura importanza.

Le due ragazze dovevano essersi accorte di qualcosa, perché a un tratto avevano smesso di parlottare, lo avevano guardato e avevano soffocato a malapena uno scoppio di risa. Come mai? Perché era buffo? Perché era vecchio? O per lo sguardo idiota che doveva avere in quel momento? Era arrossito e aveva alzato il mento, fingendo di guardare fuori. Ma non era riuscito a smettere di spiarle, cercando più che mai di non farsi scoprire. Era come se prima di staccare gli occhi da loro dovesse... digerirle. Ma non aveva fatto in tempo. A una fermata le ragazzine erano saltate giù, e prima che le porte si richiudessero si erano voltate e gli avevano fatto una boccaccia mostrandogli il medio, poi erano corse via starnazzando come galline. Si era sentito schiacciare dalla vergogna. Le aveva seguite con lo sguardo, smarrito, immerso in uno stordimento che lo isolava dal mondo. E finalmente le aveva viste sparire.

Era sceso alla sua fermata. Nel tragitto fino al lavoro aveva cercato di dimenticare quella sciocchezza vissuta sul bus, e per chissà quale assurda associazione gli era tornato in mente un ricordo lontanissimo, a cui ormai non pensava più da un sacco di tempo.

Aveva dodici anni. Una mattina tornando da scuola aveva visto un gattino piccolo piccolo che vagava da solo in un giardinetto pubblico, miagolando come un disperato, con la testina tremante. Si era fermato a guardarlo, riflettendo su cosa dovesse fare. Si immaginava già la mamma che diceva, *non voglio bestie per casa.* Era passato appena un minuto, quando sulla strada era apparso un grosso cane senza guinzaglio con il padrone che lo seguiva a una decina di passi. Il cane aveva visto il gattino e si era avvicinato trotterellando, lo aveva annusato, lo aveva preso nella bocca e gli aveva dato una strizzata con i denti, poi con uno scatto del muso lo aveva gettato a un metro di distanza. Il padrone aveva fischiato e il cane era tornato indietro scodinzolando.

Lui era rimasto impietrito a guardare il gattino ricoperto di sangue, che muoveva appena le zampe. Se lo avesse soccorso subito non sarebbe morto, continuava a ripetersi. Non sarebbe morto. Dopo un po' si era avvicinato, con le gambe che gli tremavano. Se quel cane non fosse passato, a quest'ora il gattino...

Aveva aspettato di vederlo morire. Aveva visto le pulci che saltavano via da quel corpicino che si stava raffreddando, poi era scappato a casa con le lacrime bloccate in gola. Senza sapere il perché aveva giurato a se stesso che non avrebbe mai raccontato a nessuno quella cosa. A nessuno. Mai.

Il giorno dopo, quando era ripassato davanti al giardinetto, il gattino non c'era più. Immaginò che fosse stato gettato da qualcuno nella spazzatura, e quel pensiero lo tormentò per molti mesi. Avrebbe potuto almeno seppellirlo in un prato, metterci sopra una pietra...

«Vieni a letto?» disse sua moglie, sbadigliando.

«Vai pure, ora vengo.» Il film era finito e lui non se n'era nemmeno accorto. C'era di nuovo il telegiornale, ma lui fissava lo schermo solo perché era luminoso. Il bicchierino era vuoto, e lo riempì di nuovo. Forse era già la terza volta. Sua moglie strusciò appena le scarpe sul pavimento.

«Mario...»

«Sì.» Non si voltò a guardarla.

«Dimmi la verità. È successo qualcosa?» Finalmente la domanda era arrivata.

«Non è successo nulla.»

«Se hai una preoccupazione...»

«Non ho niente, sto benissimo.» Si girò verso di lei, e le sorrise. Anche se dentro si sentiva ghiacciare. Ma perché? Sua moglie ricambiò il sorriso e si avvicinò per passargli con dolcezza una mano sulla testa. Mario la lasciò fare, fissando il televisore. Gli sembrava che quella carezza durasse un tempo infinito. Gisella cercava il suo sguardo.

«Non fa mica bene alla salute, tenersi dentro le cose.» Evidentemente quella sciocca non gli credeva.

«Ho solo un po' di mal di testa.»

«Perché non l'hai detto subito? Ti porto un'aspirina.»

«Non importa, mi sta già passando.»

«Sei sicuro?»
«Certo. Vai pure a letto, arrivo subito.»
«Forse hai bevuto un po' troppo.»
«Ma no...»
«Non ti addormentare, lo sai che poi ti viene il torcicollo.»
«Resto solo un minuto...»
«Non fare troppo tardi.» Finalmente sua moglie se ne andò. Mario la sentì trafficare in cucina. La solita camomilla con il miele. Prima di andare a letto sua moglie si affacciò di nuovo in salotto.
«Io vado» disse, con un leggero tremito nella voce.
«Arrivo subito.» Mentiva. Sapeva benissimo che non sarebbe andato subito a letto, ma aveva fretta di restare solo e non voleva perdersi in chiacchiere. Sentì sua moglie entrare in bagno, e abbassò il volume del televisore per seguire ogni minimo rumore. L'acqua che cadeva nel lavandino, la predella del wc che si abbassava, gli sembrò perfino di sentire il rumore della carta igienica che veniva strappata. Poi lo sciacquone, ancora il rubinetto che si apriva e si chiudeva, lo scatto secco dello sportellino dove sua moglie teneva le creme. Quei pochi minuti gli sembravano un'eternità.

Finalmente la porta del bagno si aprì e i passi di sua moglie frusciarono nel corridoio. La sentì entrare in camera. Doveva aver lasciato la porta aperta, perché gli arrivò alle orecchie il cigolio del materasso, e uno dopo l'altro due clic, l'interruttore per accendere il lume sul comodino e quello per spegnere il lampadario. Lo vide nella mente, quel lampadario. Non gli era mai piaciuto, e adesso si domandava per quale motivo non lo avesse mai detto.

Alzò appena il volume del televisore, e saltando fra i

canali aspettò che fosse passato un quarto d'ora. Vuotò il bicchierino di grappa e andò ad affacciarsi alla porta della camera. Sua moglie dormiva già, con il libro sul cuscino e gli occhiali che le pendevano di sbieco sul naso. Aveva la bocca aperta e un braccio magro disteso davanti alla faccia... In quel momento gli sembrò bruttissima. Con un peso sullo stomaco richiuse la porta e andò in bagno. Guardandosi allo specchio si sentì avvolgere dalla tristezza. Anche lui era brutto, una specie di mostro. La faccia gonfia e arrossata, piena di venuzze bluastre. Dietro alle lenti, due occhi enormi e lucidi di febbre. I capelli radi, di un colore indefinibile che faceva pensare alle foglie marce. E quei baffoni spessi che gli coprivano la bocca e gli davano un'aria da vecchio. Sessantadue anni, ma ne dimostrava dieci di più. E in più era buffo, sembrava la caricatura di un poliziotto francese a riposo. Era ovvio che le ragazzine ridessero di lui... Cristo! Possibile che stesse ancora pensando a quelle due stupide? No, stava pensando ai suoi baffi. Ora sapeva che li aveva sempre odiati, quei baffi. Non aveva mai avuto il coraggio di dirselo. *Ti stanno bene*, gli dicevano a volte, ma lui non ci aveva mai creduto. Allora perché se li era tenuti per tutta la vita, curandoli come se li amasse?

Prese le forbicine da unghie e cominciò a tagliarli, con la mano un po' tremante. Aveva la sensazione di fare un grave torto a qualcuno, ma non sapeva a chi. Li spuntò quasi fino alla pelle. Li ricoprì di schiuma e ci passò sopra il rasoio con rabbia. Si asciugò e osservò il risultato. Un'altra faccia, quasi non si riconosceva. Gli occhiali con la montatura nera sembravano dominare su tutto. Il labbro superiore era sottile, più bianco del resto della faccia, sembrava quasi fatto di un'altra sostanza. Si vedeva più brutto di prima. Ma ormai era fatta, si era tolto un peso. Prima o poi si sarebbe abituato.

Tornò in salotto. Lanciò un'occhiata allo schermo muto del televisore... Una donna stava sparando e un uomo cadde a terra ricoperto di sangue. Non aveva voglia di guardare niente. Si riempì il bicchiere e andò ad affacciarsi alla finestra, i gomiti appoggiati al davanzale. Guardava in basso, la piazzetta buia dove abitava da trentasette anni. Quando si era sposato, suo padre gli aveva dato tre quarti della somma per comprare quell'appartamento. Ora valeva almeno venti volte di più. Cinque stanze con bagno al terzo e ultimo piano di un edificio senza pretese, in una specie di slargo asfaltato senza sfondo. Niente ascensore. La vista era chiusa su due lati da altri palazzi più o meno uguali al suo, ma sulla sinistra si potevano vedere dei tetti più bassi e più lontano l'incrocio di via Scipione Ammirato, illuminato da un lampione. Poco più in là c'era via Gioberti, con i suoi palazzi costosi, i negozi con le vetrine illuminate, le macchine che passavano a quasi tutte le ore. Era molto meglio abitare in quella piazzetta buia, fuori dalla confusione. In lontananza si sentiva il rombo sordo e continuo del traffico sui viali. Dove andava tutta quella gente? Che faceva in giro a quell'ora? Scosse il capo con amarezza. Che senso aveva continuare a farsi domande così imbecilli?

Non fumava quasi più, ma in casa le sigarette non mancavano mai. Ce n'era sempre un pacchetto nel cassetto del tavolino del telefono, vicino alla porta d'ingresso. Andò a prenderlo, si riempì ancora una volta il bicchiere e tornò alla finestra con una sigaretta in bocca. L'aria fresca sul viso gli dava un certo piacere, anche se a momenti aveva brividi di freddo. Soffiava il fumo verso il cielo e lo inseguiva con lo sguardo, finché non si dissolveva. Ogni tanto senza pensarci si passava le dita sul labbro superiore, come per lisciarsi i baffi. Sentiva la pelle nuda e sorrideva. Un sorriso maligno, per niente piacevole, come se dovesse dissimulare un disagio.

Per scaldarsi mandò giù un altro sorso di grappa. Fece un ultimo tiro che sapeva di filtro, e lasciò andare la cicca nel vuoto senza perderla di vista. La brace si allontanò nell'oscurità fino a sparire, e quando sbatté sull'asfalto riapparve per un istante zampillando nel buio. A un tratto si sentì solo, più solo che mai... Non era una brutta sensazione, anzi era piacevole. Cercò di assaporare fino in fondo quell'emozione, anche per capirla meglio. Ma dentro di lui le cose cambiavano in fretta... Adesso aveva paura, senza sapere di che cosa. E anche quella paura aveva qualcosa di bello. Si sentiva lucidissimo, come forse non gli era mai successo.

Davanti ai suoi occhi si stendevano le sagome scure dei palazzi, le viuzze buie, i tetti ricoperti di antenne e di sfiati per le caldaie... tutte cose che aveva visto milioni di volte. Ma adesso gli sembrava che in quella immensità oscura si nascondessero pericoli e segreti a lui sconosciuti. Una fitta di tristezza gli trapassò il petto. Per pochi minuti si era sentito leggero, ora invece... Aveva una gran voglia di fumare un'altra sigaretta. Perché no? L'accese e aspirò forte. Vuotò il bicchierino in un fiato e si accorse che gli girava un po' la testa. Se avesse parlato, di sicuro avrebbe avuto la voce impastata. Si mise a fissare l'incrocio illuminato, cercando di non pensare a nulla. Non si rendeva conto del tempo che passava.

Mandò giù un altro sorso di grappa, e la gola andò in fiamme. A momenti era oppresso da un forte senso di colpa, come se stesse commettendo qualcosa di inaccettabile. Stava proprio invecchiando male se a sessant'anni non riusciva nemmeno a godersi una sigaretta affacciato alla finestra. Chi poteva impedirglielo? Magari la mattina dopo avrebbe faticato ad alzarsi, ma questi erano fatti suoi... Eppure quella sensazione non se ne andava. Si sentiva come da ragazzo, quando tornava a casa a notte fonda e suo padre lo aspettava sveglio per sibilargli nelle orecchie: *delinquente, lo sai che ore sono?*

Non riuscì a trattenersi dal guardare l'orologio, ma dopo aver visto le lancette se lo accostò all'orecchio per controllare che non si fosse fermato. Funzionava. Ma non era possibile che fossero le tre e venti. La cicca spenta gli era rimasta tra le dita, e la buttò di sotto. Con un brivido immaginò che sua moglie si svegliasse e lo trovasse a fumare e a bere affacciato alla finestra... Una cosa che *non era da lui*, come diceva Gisella quando lo coglieva in fallo. Mario non aveva mai dato troppo peso a quella frase. Adesso sapeva di aver fatto male. Era ora di finirla. Se qualcuno faceva qualcosa significava che *era da lui*, altrimenti non l'avrebbe fatta, porcaccia miseria. E invece quante volte aveva sentito pronunciare quelle parole? *Non è da te*. Non solo da sua moglie, ma da chiunque, in mille occasioni. Perfino lui l'aveva detto qualche volta, ai suoi figli. Adesso se ne vergognava. *Non è da te*. Come mai avevano tutti paura di scoprire che gli altri non sono sempre uguali a come li vogliamo? Lui quella notte stava appunto facendo qualcosa che *non era da lui*. Fumava e beveva affacciato alla finestra del salotto. Alle tre di notte. E inseguiva pensieri che non riusciva a capire fino in fondo. Se sua moglie lo avesse visto in quel momento, forse non lo avrebbe riconosciuto. Questo pensiero lo riempì di un'allegria esagerata che aveva qualcosa di angoscioso.

Accese un'altra sigaretta e riempì di nuovo il bicchiere. Tornò alla finestra, appoggiò i gomiti sul davanzale e si mise a fissare l'incrocio di via Scipione Ammirato. Non pensava a nulla di preciso, ma si sentiva confuso. A un tratto vide passare due donne, dovevano essere giovanissime, e dopo un secondo le sentì ridere. Cosa si stavano dicendo? Di cosa ridevano? Avrebbe dato chissà cosa per saperlo. Per qualche istante percepì anche i loro passi, poi di nuovo il silenzio. Solo macchine in lontananza, sul viale. Gettò di sotto la cicca, vuotò il bicchiere e frenò la voglia di bere un sorso dalla bottiglia. Ciondolò fino alla vetrinetta per rimettere a posto la grappa. Spense il televisore e buttò il telecomando sul divano.

Entrò in bagno sbottonandosi i pantaloni, barcollando leggermente. Si fermò di fronte allo specchio. Quel labbro bianco e gonfio gli faceva ribrezzo. Sentì di nuovo la testa riempirsi di pensieri disordinati. Pisciò anche fuori dalla tazza, e dovette pulire con la carta igienica. Prima di lavarsi i denti gli sbucò dalla gola un rutto acido e maledisse la grappa. Ma non era ubriaco, non voleva essere ubriaco. Si sciacquò la faccia con l'acqua fredda e prima di uscire si ricordò di tirare l'acqua. *Non era da lui* lasciare la tazza sporca.

Aprì la porta della camera da letto, piano piano, trattenendo il respiro. Si affacciò dentro. Sua moglie dormiva nella stessa posizione di prima, con la luce accesa dalla sua parte. Doveva essersi svegliata, perché il libro e gli occhiali erano sul comodino. La sentiva russare leggermente. S'infilò nella stanza, con il cuore che gli batteva forte. Non era paura, solo un disagio che non sapeva spiegare. Gisella non era mai stata una moglie soffocante. Cosa avrebbe potuto dirgli, in fondo? Però forse lo avrebbe guardato con aria preoccupata, come se... Ma perché si perdeva dietro a quelle cose? Dov'erano i pensieri che gli avevano attraversato la mente poco fa, quando stava affacciato alla finestra? Doveva calmarsi, non c'era alcun motivo di... Insomma, era o non era la sua vita? Accese la sua lampada e andò in punta di piedi a spegnere quella di sua moglie. Si spogliò in fretta, s'infilò silenzioso sotto le coperte e spense la luce. Un brivido di piacere gli attraversò la schiena. Era salvo. Si sentiva quasi euforico. Adesso sua moglie poteva anche svegliarsi, non avrebbe mai saputo che lui era venuto a letto così tardi. Ecco, forse era proprio quello. Non voleva che lei sapesse.

Usciva dal lavoro alle sei. Lavorava a Scandicci, negli uffici di una fabbrica di imballaggi di Campi che si era sempre adeguata ai tempi. Di solito scendeva alla fermata di piazza Beccaria intorno alle sette meno dieci, a seconda del traffico. Il bus lo scaricava a più di trecento metri da casa. Via Gioberti a quell'ora era piena di gente, i negozi erano ancora tutti aperti. Passava davanti alla Standa e voltava in un vicolo. Conosceva a memoria ogni particolare di quelle strade, perfino le macchie sulle facciate dei palazzi. Attraversava via Scipione Ammirato, continuava diritto, e dopo una cinquantina di metri infilava la chiave nel suo portone. Saliva le scale con calma, con la borsa che oscillava al suo fianco. Appena entrava in casa annusava l'aria per sentire l'odore della cena. Si affacciava in cucina, salutava sua moglie dalla porta e andava a farsi una doccia. Si insaponava in fretta, ogni volta pensando che avrebbe dovuto dimagrire. Poi andava nel suo buco, chiudeva la porta a chiave e si metteva seduto in poltrona ad ascoltare musica classica.

Da martedì, invece, scendeva due fermate prima. Andava a sedersi al tavolino di un bar alla moda che guardava sempre dai finestrini del bus, passando sul viale Gramsci. Ai suoi tempi era un locale modesto, dove la mattina i ragazzi che avevano fatto forca a scuola andavano a giocare al calcio balilla. A quell'ora dentro il bar c'era poca gente, ma fuori non mancavano mai gruppetti di ragazzi e ragazze che chiacchieravano. Chissà cosa si dicevano. Non facevano che ridere. Dove le andavano a trovare tutte quelle cose divertenti? Erano davvero così felici come sembravano? Anche lui da fuori poteva apparire un tipo tranquillo, porcaccia miseria.

Era già venerdì. Spense il cellulare e ordinò la solita birra. Si era seduto a un tavolino accanto alla vetrata, per poter guardare fuori. Da quanto tempo non beveva una birra seduto tranquillamente in un bar? Forse dai tempi della scuola. Eppure la birra gli era sempre piaciuta, soprattutto alla spina. Adesso erano quattro giorni che si concedeva quel piccolo piacere. Da ora in poi tornando dal lavoro lo avrebbe fatto tutti i giorni.

Si guardò intorno. Non è che gli piacesse, quel posto. Anzi gli sembrava addirittura brutto. Troppi specchi, troppe luci colorate. Ma non ci doveva mica abitare. Ci stava giusto il tempo di bere una birra in santa pace. In quel bar viveva emozioni simili a quelle che aveva provato la notte di lunedì, guardando fuori dalla finestra del salotto. Quel tempo era solo suo, nessuno poteva sapere dove fosse Mario Rossi in quel momento. Nessuno poteva pensarlo seduto a quel tavolo. E quando diceva *nessuno* si riferiva soprattutto a sua moglie, anzi soltanto a lei. Di sicuro Gisella lo pensava già sulla strada di casa, e si aspettava da un minuto all'altro di sentirlo rientrare. Perché non si era mai fermato in quel locale pieno di ragazzi e di ragazze? Perché aveva sessantadue anni? Che stupidaggine... E adesso non aveva più nemmeno quei maledetti baffi.

Quando la mattina di martedì sua moglie lo aveva visto senza baffi, si era messa a ridere. Per questo lui si era svegliato, perché l'aveva sentita ridere. Gisella aveva continuato a guardarlo per almeno un minuto, come se non lo avesse mai visto. Poi gli aveva chiesto come mai se li fosse tagliati e come mai proprio di notte.

«Non c'è sempre un perché» aveva detto lui. Alzando la testa dal cuscino aveva sentito una fitta trapassargli il cranio. Se l'era voluta, era tutta colpa della grappa... Si sentiva a pezzi, ma non gliene importava nulla.

«Non ricordo di averti mai visto senza baffi» aveva detto Gisella divertita, infilando i piedi nelle ciabatte. Tutto qui. E lui che si era aspettato chissà che cosa. Magari una faccia spaventata, o anche soltanto un'occhiata sospettosa, uno sguardo preoccupato. Qualcosa che lo facesse sentire distante da lei. Voleva provare ancora quella solitudine, come quando aveva lasciato cadere la cicca nel vuoto.

Dal vetro guardava le ragazze che scherzavano davanti al bar. Studiava i loro modi di fare, le espressioni del viso, le moine nascoste sotto una scorza di durezza. Lo faceva senza nessun motivo.

Arrivò la birra. Vuotò metà bicchiere in pochi sorsi e guardò l'ora. Non voleva fare troppo tardi. Aveva fame, e prima di cena voleva ascoltare le *Ouvertures* nel suo buco.

Nel pomeriggio suo figlio Francesco lo aveva chiamato in ufficio, solo per un saluto. Lo faceva spesso. Francesco viveva a Milano, lavorava in un'agenzia di viaggi nella zona della Fiera.

«Come stai, babbo?» Era solo una banale domanda di circostanza, ma quando Mario aveva risposto *Bene* sapeva di aver mentito. Non che stesse male, non era questo... Ma se avesse dovuto rispondere sinceramente non avrebbe detto *Bene*. Forse non avrebbe nemmeno saputo cosa dire. Ma se avesse detto *Non lo so*, cosa avrebbe pensato suo figlio? Quante altre domande gli avrebbe fatto?

«Basta...» sussurrò tra i denti. Cominciava a non sopportare più tutte quelle domande. Non poteva starsene tranquillo a godersi la birra? Guardò di nuovo l'ora. Vuotò il bicchiere in fretta e se ne andò a piedi verso casa. Sui viali il traffico scorreva lento, l'aria era acida di gas. Passando accanto al cimitero di piazzale Donatello pensò che non ci aveva mai messo piede. Lo vedeva da fuori ogni giorno, e si voltava spesso a guardare i suoi grandi cipressi neri, ma non sapeva nulla delle sue tombe. Immaginò di essere seppellito su quella collinetta di roccia circondata di asfalto e di rumore, e l'idea non gli dispiacque.

Quando infilò la chiave nel portone della sua palazzina erano le sette e quaranta. Era da martedì che rientrava a quell'ora. Prima di quel giorno non era mai successo, di solito rientrava alle sette. Infatti martedì sua moglie gli aveva chiesto cosa fosse successo.

«Il bus è rimasto bloccato nel traffico.» Ancora bugie. Doveva salvare la sua birra.

«Ho provato a chiamarti sul telefonino.»

«Non l'ho acceso.»

«Perché?»

«Non ci ho pensato.» Così era andata più o meno anche mercoledì, ma già da giovedì sua moglie non gli aveva più chiesto niente. Aveva assimilato quella novità senza battere ciglio, senza più fare domande, come se fosse così da sempre. Da ora in poi suo marito sarebbe arrivato alle sette e quaranta.

Salì le scale e aprì la porta di casa. Si affacciò alla cucina. Sua moglie gli sorrise.

«Ciao.»

«Cosa si mangia?»
«Minestrone e filetti di pesce.»
«Vado a fare una doccia.» Se ne andò in bagno e sulla lavatrice trovò il ricambio pulito, come sempre dal lunedì al venerdì. Erano già tre giorni che era venuto l'imbianchino, ma nell'aria si sentiva ancora un vago odore di tinta. Mentre si spogliava si guardò allo specchio. Non si era ancora abituato alla sua faccia senza baffi.

Dopo la doccia si chiuse nella sua stanza. Prima di sedersi spense la luce centrale e accese la lampada nell'angolo, come sempre. Rossini era già sul piatto. Non doveva fare altro che accendere l'impianto e premere il pulsante.

La musica cominciò a volteggiare nell'aria, accompagnata dal leggero fruscio della puntina che correva sui solchi. Lui ascoltava mordendosi l'interno di una guancia, fissando la parete in penombra. Era da lunedì che non si sentiva più lo stesso. Non era mai stato un gran chiacchierone, ma adesso quasi non parlava, non ne sentiva il bisogno. E quello che dicevano gli altri non lo ascoltava quasi. Si era accorto che sua moglie lo sbirciava con preoccupazione, ma non faceva nulla per tranquillizzarla. Cosa gli stava succedendo? Nulla di speciale, in fondo, nulla di così sensazionale. Gli sembrava solo di essere più... Si sforzava di trovare le parole giuste. Era come se avesse perso gli appigli a cui si era attaccato per tutta la vita. A dire il vero in quel momento non gli sembravano nemmeno appigli, ma lacci resistenti che lo avevano tenuto prigioniero. Le sue giornate erano sempre state scandite da rocciose abitudini. Anche adesso, quella birra che beveva al bar di viale Gramsci rischiava di diventare un'abitudine. No, non voleva. Lunedì avrebbe fatto un'altra cosa, e magari sarebbe arrivato a casa ancora più tardi. O magari non sarebbe nemmeno tornato, pensò... ma solo per il gusto di immaginarlo, senza crederci minimamente. Era solo un gioco. Nella mente poteva far nascere qualsiasi pensiero, e nessuno lo avrebbe mai saputo. Poteva portarsi a letto le stelline della tv, poteva uccidere le persone che detestava, formulare frasi assurde e contrarie al buon senso, parole che *non erano da lui*. Con la fantasia poteva fare tutto. Solo ora se ne rendeva conto, l'unica cosa veramente sua era il pensiero.

Chiuse gli occhi e rivide le due ragazzine del bus, le loro bocche fresche come ciliegie, i sorrisi luminosi e vagamente cattivi... Quante donne aveva avuto in vita sua? Si sentì arrossire. Non ci voleva molto a contarle. Due relazioni brevi prima del matrimonio, e solo una poteva assomigliare a un bel ricordo. Due ragazze che non erano nemmeno belle, anzi, una era piuttosto bruttina. Poi aveva sposato Gisella. Se lo ricordava bene, quel giorno. Il completo scuro, la giacca che gli tirava sopra una spalla, la chiesa con i parenti e gli amici, il riso, le fotografie, il pranzo che non finiva mai. Perché si era sposato? Si dovette mordere il labbro per ammettere che non l'aveva fatto per amore. Per i soldi nemmeno, visto come stavano le cose. Strinse i denti più forte e sentì sulla lingua il sapore del sangue. L'aveva sposata perché... Non lo sapeva, il perché. Avrebbe preferito un motivo meschino, al vuoto assoluto. Ma in fondo tutto questo non aveva nessuna importanza. Gisella era stata una brava moglie e una brava mamma. Non si arrabbiava mai, era sempre gentile. Ma forse era proprio quella sua incrollabile gentilezza che lo faceva sentire prigioniero. Sua moglie era troppo remissiva, litigare con lei era impossibile. Gli sarebbe piaciuto che almeno ogni tanto quella benedetta donna tirasse fuori le unghie, che lottasse per difendere qualcosa. Invece chinava sempre la testa. Solo una volta ogni morte di papa s'immusoniva per qualcosa, ma poi le mancava il coraggio di insistere e si sforzava di sorridere. Un sorriso penoso a fior di labbra, come per proteggersi dalle brutte cose del mondo. A un tratto pensò a lei come... come a una zavorra. Immaginò se stesso con una grande palla nera incatenata alla caviglia.

Alle prime note della *Gazza ladra* pensò che il giorno dopo era sabato. Poi c'era la domenica. Anche il fine settimana poggiava su robuste impalcature di abitudini. Le varianti erano poche, e dipendevano soprattutto dalla stagione e dal tempo. Quando pioveva rimanevano a casa. Sua moglie usciva solo la domenica mattina per la messa, e quando era in casa trovava sempre qualcosa da fare. Non si annoiava mai. L'aspirapolvere da passare, i panni da stirare, la lavastoviglie da scaricare, oppure si metteva in poltrona con un libro o con «La Settimana Enigmistica». Ogni tanto andava da una vicina a giocare a carte, o anche solo a fare due chiacchiere. Se il sabato o la domenica veniva uno dei figli a pranzo, si dava da fare in cucina per tutta la mattina. In quelle occasioni a tavola c'era aria di festa, tranne quando Simona si presentava con il babbeo. Ma se c'era solo lei con le bambine, allora si parlava a voce alta, si discuteva di mille cose, e spesso si facevano dei giochi. Francesco veniva immancabilmente da solo. Nessuno lo aveva mai visto con una donna. Che fosse dell'altra sponda? Insomma, un... finocchio? Gisella evitava l'argomento, e lui faceva altrettanto. Meglio non sapere, altrimenti...

Appena i figli se ne andavano, la casa tornava silenziosa. Solo per il pranzo di Natale la famiglia si riuniva al completo. Loro quattro e le bambine. Mentre mangiavano andava tutto bene, ma dopo pranzo finivano sempre per parlare delle stesse cose, rimanevano ingarbugliati negli stessi meccanismi, scoppiavano gli stessi piccoli litigi di ogni venticinque dicembre. Contrasti che affondavano le radici nella preistoria della famiglia, e che adesso non avevano più alcun senso. *Se mi avessi dato retta... Non ho mai capito come mai tu non... Se quella volta invece di... Non mi scorderò mai di quando...*

Come mai si era messo a pensare a queste cose? Non lo sapeva, ma sentiva di averne bisogno. Forse voleva infliggersi la verità, senza più nessun pudore. Fino allora era stato immerso in una vita che non aveva mai osservato con obiettività, una vita piacevole, in fondo, ma accettata e subita come se fosse l'unico destino possibile. Ora desiderava il piacere della verità, anche se amaro. E non aveva ancora finito...

Quando era inverno, o c'era tempo brutto, per lui il sabato era il giorno dei lavoretti in garage, dove aveva ogni genere di attrezzi. Il garage lo aveva comprato insieme alla casa, anche se era nell'edificio di fronte. Con il passare del tempo era diventato sempre più prezioso. Un vero privilegio. Non doveva nemmeno spostare la macchina quando c'era la pulizia delle strade, e i vicini lo invidiavano. Oltre al garage vero e proprio, c'era una stanzina senza finestre che fungeva da laboratorio. Il sabato lui si dedicava a piccole riparazioni. Il galleggiante del wc, la maniglia di una porta, una sedia che dondolava. Quando ci riusciva tornava a casa pieno d'orgoglio, e gli piaceva sentire sua moglie che gli diceva:

«Non c'è nulla da fare, sei bravo».

«Abbiamo risparmiato almeno trenta euro» faceva lui,

gonfio di orgoglio. Quando invece falliva tornava a casa avvilito, mangiava con poco appetito e digeriva male. Per dimenticare la sconfitta doveva dormirci sopra.

«Avremmo potuto risparmiare più di sessanta euro» diceva, appena l'idraulico se n'era andato. Ma sua moglie gli sorrideva lo stesso, un sorriso indulgente che a lui aveva sempre dato un certo fastidio.

Sempre nella brutta stagione, la domenica pomeriggio si sedeva in salotto e leggeva il giornale da cima a fondo. Poi guardava la tv, ma spesso si annoiava. A volte leggeva un romanzo, sempre un classico dell'Ottocento o al massimo del primo Novecento. Non sapeva che farsene degli scrittorucoli di oggi.

A cena erano quasi sempre da soli. Soltanto in rare occasioni, quando ad esempio c'era una partita importante, veniva un collega dell'ufficio con la moglie. Dopo una cena frettolosa i due uomini si piazzavano davanti al televisore con una bottiglia, mentre le mogli continuavano a chiacchierare in tinello. Erano le serate più emozionanti.

Nella bella stagione il sabato era il giorno delle gite sulle colline e della pizza a San Casciano, quasi sempre loro due da soli. Non parlavano molto. Almeno per lui, quelli erano i momenti in cui si sentiva più solo. Quando tornavano a casa Gisella andava subito a letto, lui invece beveva una grappa davanti alla tv. Ma non faceva mai più tardi di mezzanotte. La domenica mattina andava a fare due passi a Fiesole, mentre sua moglie andava a messa nella chiesa di San Salvi. Lui era già da tempo che non entrava in una chiesa. Nel pomeriggio a volte andavano al cinema, o a fare una passeggiata in centro. Ma capitava anche che restassero in casa a fare le cose di sempre.

In estate passavano quasi tutti i fine settimana e le ferie

al mare, a Cinquale. Lui dopo un paio d'ore sulla spiaggia diventava nervoso, e si metteva a cavillare su tutto. Si accaniva a discutere su stupide piccolezze che in altri momenti non avrebbe nemmeno notato. Le rare volte che andavano in montagna gli veniva la depressione.

Ogni tanto facevano un viaggio diverso. L'isola d'Elba, Pisa, la Maremma. Sua moglie si divertiva come una ragazzina. Lui invece tornava sempre di cattivo umore, come se avesse perso tempo.

A volte andava a pescare da solo, ma ormai soltanto due o tre volte all'anno. Non se la sentiva più di fare quelle levatacce per stare ore e ore con la canna in mano, a guardare il sughero colorato che galleggiava sul pelo dell'acqua. La cosa che preferiva era andare in campagna. Dopo una lunga camminata in quei sentieri pieni di sassi gli veniva una fame da lupi, e un piatto di pasta diventava un regalo del cielo. Anche stasera aveva una gran fame. Sua moglie aveva fatto il minestrone. Lo faceva proprio buono, il minestrone...

In quel preciso momento aprì gli occhi... gli sembrava di aver sentito un rumore, come se una bottiglia si fosse rotta sul pavimento. Allungò una mano per abbassare il volume. In testa gli era rimasta quella parola: zavorra. Tese le orecchie, ma non sentì più nulla. Sotto la porta si vedeva una riga di luce. Molto strano. Di solito a quell'ora il corridoio era buio e sua moglie era ai fornelli. Alle otto e venticinque lui andava a sedersi davanti alla tavola apparecchiata, e dopo qualche minuto cominciava il telegiornale... Sentì un brivido di rabbia contro se stesso. Tutta la sua vita era impostata su abitudini rocciose. Anche quella luce accesa nel corridoio a un'ora insolita lo aveva quasi disturbato, come se...

Davanti alla porta frusciarono i passi veloci di sua moglie, non capiva se da sinistra a destra o viceversa.

«Lella?» chiamò, ma lei doveva essere già lontana. La lama di luce sotto la porta scomparve. Aspettò ancora qualche secondo, tendendo l'orecchio. Alla fine allungò una mano per alzare di nuovo il volume della musica, ma si bloccò. Aveva sentito una specie di guaito, ne era quasi sicuro. Dopo qualche secondo di silenzio sentì un altro lamento, più lungo, e subito dopo un tonfo leggero. Poi più nulla. Fu preso da una strana inquietudine, aveva come un presentimento. Andò a socchiudere la porta e si affacciò fuori con la testa. Il corridoio era buio, a parte la luce che usciva dalla porta della cucina.

«Lella?»

Silenzio. Solo il rumore di una pentola che bolliva.

«Lella, dove sei?» Uscì dalla stanza, accese la luce e s'incamminò verso la cucina. L'aria sapeva di minestrone.

«Lella?» Si affacciò alla porta, ma sua moglie non c'era. Una pentola gorgogliava sul fuoco, e sulle piastrelle bianche del pavimento spiccavano dei piccoli cocci di porcellana azzurra e un bel po' di fiammiferi. Ecco cos'era caduto. Tornò indietro.

«LELLA?» Accese la luce in tinello, la tavola era apparecchiata. Proseguì nel corridoio per andare a vedere in camera da letto, ma quando passò davanti al bagno vide filtrare luce dalla porta socchiusa.

«Lella...» Spinse piano la porta, con il cuore che gli batteva nelle tempie... e quando vide sua moglie la sua prima reazione fu quella di sorridere, come per uno scherzo. Cosa ci faceva sdraiata bocconi sul pavimento, con la gonna alzata fino al sedere?

«Lella, che fai?» Gli era tremata un po' la voce. Si avvicinò di un passo, e quando vide quell'occhio sbarrato si fermò. Sentì nel petto una vampata gelida. Un attimo dopo si ritrovò bagnato di sudore. Rimase impietrito, con la mascella penzoloni. Si sentiva schiacciare da un immenso senso di colpa. Pensieri senza alcun senso gli passavano veloci nella mente.

«Lella... che fai... alzati...»

Aspettando l'ambulanza si mise a camminare su e giù per il corridoio a piccoli passi, tormentandosi le dita. Aveva provato a sedersi, ma non riusciva a stare fermo. Al telefono, dopo avergli fatto alcune domande, il medico del 118 gli aveva detto di non toccare sua moglie, di non fare nulla.

Su e giù lungo il corridoio, su e giù, su e giù. Nonostante avesse la gola secca non gli venne in mente di bere. Sentiva un forte bisogno di orinare, ma non aveva il coraggio di entrare in bagno. Aveva anche accostato la porta. Non voleva rivedere quell'occhio sbarrato che aveva ancora qualcosa di vivo. Cercò di ricordare l'immagine di sua moglie quando l'aveva salutata dalla porta della cucina, alle sette e quaranta. Era solo una figura confusa. Non riusciva quasi a ricostruire i suoi lineamenti. Si rese conto che... che si era dimenticato il viso di Gisella, forse già da molto tempo. Com'era fatto il naso di Lella? Non lo sapeva. E la bocca? Gli occhi? Anche la vetrinetta del salotto... Com'era fatta? Non se lo ricordava. Erano anni che non guardava più nulla.

Ascoltava il rumore dei propri passi, mordendosi le labbra. Continuava ad andare su e giù, su e giù, lanciando occhiate alla porta del bagno. Gli sembrava che le pareti del corridoio si fossero avvicinate fra loro. Aveva il respiro affannoso, come i fumatori quando fanno le scale di corsa. Si sentiva confuso, ma non soffriva come si sarebbe aspettato. Non aveva voglia di piangere. A un tratto si ricordò del minestrone, e andò a spegnere il fornello.

Alle otto e ventisei sentì la sirena e corse ad aprire la porta. Arrivarono in quattro, e Mario li accompagnò in fretta fino al bagno. Gli infermieri rimasero a guardare dalla soglia. Erano alti e grossi, e Mario non riusciva a vedere nulla. Sentiva solo dei rumori e qualche borbottio. Dopo nemmeno un minuto i due infermieri si scostarono e i medici uscirono in corridoio, senza fretta. Avevano tutti e due lo stesso sguardo.

«Morta?» chiese lui. Sapeva benissimo che era morta, ma non era riuscito a frenare la domanda. I medici annuirono. Lesse nei loro occhi che si aspettavano di vederlo scoppiare a piangere. Ma lui non pianse.

«Cos'è stato?» chiese.

«Trombosi.»

«Trombosi...» ripeté lui, a bassa voce. Andò in salotto e si sedette sul divano. Aspettò con pazienza che i medici si occupassero delle formalità.

«Mi scusi, dove vuole che mettiamo la signora?» disse una voce, facendolo sobbalzare. Quanto tempo era passato prima di quella domanda? Non avrebbe saputo dirlo.

«In che senso?»

«La signora... in quale camera...»

«Faccio strada.» Li guidò nella camera matrimoniale e indicò il letto. Era nel loro letto che Gisella doveva dormire per l'ultima volta.

Tornò subito in salotto, per non vederla trasportare dagli infermieri. Si sedette di nuovo sul divano, al suo posto. Era tutto così assurdo che gli veniva quasi da sorridere. Appena alle sette e quaranta sua moglie era in cucina a...

«Signor Rossi.»

«Sì...»

«Noi abbiamo fatto. Ha bisogno di qualcosa?»

«No.»

«Non faccia complimenti, se vuole...»

«Non ho bisogno di nulla, grazie.» Perché lo guardavano in quel modo? Sembrava che tutti e quattro si aspettassero qualcosa da lui. Li accompagnò alla porta. Nessuno riuscì a trovare un saluto adatto, e si lasciarono in silenzio. Mario richiuse la porta e andò in cucina. Aveva fame, ma non aveva il coraggio di mangiare il minestrone di sua moglie. Non voleva nemmeno buttarlo. La mattina dopo lo avrebbe messo in frigo. I filetti di pesce erano ancora dentro un piatto coperti con la pellicola, crudi. Cosa poteva mangiare? Non aveva la forza di mettersi a cucinare, e il pane non gli sarebbe passato dalla gola. Alla fine lavò una mela e la mangiò a morsi, con la sensazione di masticare segatura.

Prese le sigarette e andò in salotto. Voleva bere un bicchierino di grappa. Si sedette sul divano portandosi dietro la bottiglia. Il televisore spento gli dava una tristezza immensa. Lo accese e tolse il volume. Due ballerine quasi nude ballavano sorridendo. Si sentiva più solo che mai, ma non era piacevole come la sera di lunedì. Buttò giù la grappa in un sorso, alla russa. Intorno a lui si spandeva un vuoto infinito, gli sembrava di essere una formica caduta nel mare. Schiacciò la cicca nel posacenere e accese un'altra sigaretta. Adesso in quella casa avrebbe vissuto da solo. Ogni più piccola cosa era nelle sue mani.

Al terzo bicchiere di grappa gli ronzavano le orecchie. Prese una decisione. Non sarebbe più andato a lavorare. Mai più, nemmeno per un'ora. Lunedì avrebbe fatto la domanda per andare in pensione, e aspettando la cartella dell'Inps avrebbe preso tutte le ferie che aveva accumulato. E se non fossero bastate, si sarebbe dato malato.

Guardava la finestra chiusa e continuava a pensare alla sera di lunedì, quando si era affacciato sulla piazzetta con i gomiti appoggiati al davanzale. Dopo quella volta non lo aveva più fatto. Si sentiva attratto da quella finestra, ma non osava aprirla. Soprattutto stasera. Spense la sigaretta e decise che era arrivato il momento di andare a trovare Gisella.

Si affacciò alla porta. Lei era sdraiata al centro del materasso, con gli occhi chiusi e le mani sulla pancia, una sopra all'altra. I medici avevano lasciato la luce accesa dalla sua parte. C'era anche il libro sul comodino. Si avvicinò, e si accorse che stava trattenendo il respiro. Si fermò accanto al letto. Gisella aveva ancora il grembiule addosso, e sulle sue caviglie le calze allentate formavano delle sgradevoli pieghe. La bocca era un po' aperta, e intorno alle labbra si vedevano delle rughe profonde. Lella era lì davanti. Vicina, ma anche lontanissima. Quali erano le ultime parole che aveva pronunciato? *Minestrone e filetti di pesce*. Le sue ultime parole. Pensò a quante volte si era immaginato di vivere quel momento, con paura o con rabbia, a seconda delle occasioni. Altre volte invece...

Il naso di Lella lo vedeva bene, adesso. Era grosso e appena un po' curvo. Le dita delle mani erano deformate, non se n'era mai accorto. Era invecchiata presto, Lella.

«Da domani non lavoro più» disse, guardando gli occhi chiusi di sua moglie. Si sentiva stranamente calmo. Tornò in salotto e si lasciò andare sul divano. Mandò giù un altro paio di grappe, e dopo pochi minuti si addormentò.

Dormì fino a mezzanotte. Appena aprì gli occhi gli vennero in mente Simona e Francesco. Andò in bagno a sciacquarsi la faccia con l'acqua fredda. Prese il telefono senza fili e camminando per casa fece il numero di sua figlia. Sentì alzare al terzo squillo.

«Mamma?» fece Simona, assonnata e vagamente allarmata.

«Sono io.»

«È successo qualcosa?»

«La mamma...»

«La mamma cosa?»

«... si è sentita male.»

«Male come?»

«Piuttosto male.»

«Dov'è?»

«Sul suo letto.»

«Adesso sta bene?» Dal tono sembrava che avesse chiesto: *è morta*?

«Simona... Penso che dovresti venire qua.»

«Sì...» Accanto a lei una voce maschile disse qualcosa, e Mario immaginò il ragazzone scemo.

«Vieni da sola, per favore.»

«Sì, babbo.»

«Adesso chiudo, devo chiamare Francesco.»

L'addetto del cimitero alzò un muricciolo di mattoni per chiudere il loculo, ci spalmò sopra uno strato di cemento e ci scrisse sopra con il dito: *Gisella Rossi*. Scese dalla scala e se ne andò portandosela dietro. Mario, i suoi figli e il gruppetto di parenti rimasero immobili a guardare quella scritta sul cemento. Sopra di loro il cielo si stava coprendo di nuvole spesse. Mancavano i colleghi di lavoro di Mario, perché lui non aveva voluto avvertirli. Non li considerava veri amici.

Simona aveva gli occhi rossi e gonfi. Stringeva con tutte e due le mani un braccio di suo padre. Aveva i capelli legati in una coda, e l'elastico nero spiccava sui capelli biondi. Adesso si pentiva di aver lasciato le bambine da una vicina, perché non avevano potuto dare l'ultimo saluto alla nonna. Francesco aveva un velo sugli occhi, e si masticava le labbra. A quell'età aveva ancora un'aria da ragazzino, anche se non aveva quasi più capelli.

Dopo qualche minuto i parenti cominciarono a muoversi verso l'uscita. Alcuni erano venuti da altre città, e c'era il rischio che rimanessero imbottigliati nel traffico del rientro domenicale. Uno a uno salutarono e se ne andarono, tranne le sorelle di Gisella con i mariti e i figli, e un vecchio zio di Mario.

«Scusate...» disse Mario rivolto a tutti.

«Sì?» dissero in tre o quattro.

«Vorrei rimanere un minuto da solo, ci vediamo fuori dal cancello.» Con un'occhiata ai figli fece capire che la richiesta valeva anche per loro. Si avviarono tutti verso l'uscita, in silenzio. Solo Simona si voltò a guardarlo per un lungo istante, e nei suoi occhi Mario vide una compassione che gli fece male.

Rimase solo. L'ultima volta che aveva messo piede in un cimitero era stato appena otto mesi prima, quando era morto suo fratello Aldo, più vecchio di lui di quasi dieci anni. Eppure gli sembrava che fosse passato un secolo.

Fece un passo verso il colombario, con le mani allacciate dietro la schiena. Il marciapiede di pietra era cosparso di petali appassiti. Era qui che Gisella voleva essere seppellita, nel cimitero delle Sante Marie, a Impruneta. Aveva anche lasciato una lettera con scritto quale vestito voleva indossare per l'occasione.

Mario si mise a fissare il muretto di mattoni e cemento che nascondeva la cassa. Lella era là dietro. Avrebbe voluto piangere, ma non ci riusciva. Si sentiva confuso, gli sembrava di essersi appena svegliato nel cuore della notte.

«Arriverò presto, Lella» disse in un sussurro. Gli era sfuggita quella frase stupida, e l'aveva pronunciata con amarezza. Infilò le mani in tasca furtivamente, come se volesse nasconderle. Si sentiva abbandonato, spaventato, e anche colpevole. Ma in mezzo a quel disordine serpeggiava come un senso... di libertà.

«Io ti giuro che...» Si fermò, perché una goccia di pioggia gli era caduta sul naso. Guardò in alto, e sentì il rumore sordo di un tuono che rimbombava fra le colline. Doveva fare presto. Stava cominciando a piovere.

«Io ti giuro...» Si fermò di nuovo. Le gocce gli cadevano sulla testa, e sentiva l'acqua colargli lungo il collo. Dall'angolo sbucò suo figlio con un ombrello.

«Babbo, che fai?» Corse a coprirlo, lo prese per un braccio e si avviarono in fretta verso l'uscita. Adesso la pioggia cadeva con insistenza, e i tuoni scoppiavano sempre più vicini. Mentre salivano in macchina cominciò il diluvio. Simona si era seduta dietro. Gli ultimi parenti se n'erano già andati.

«Mangiamo qualcosa?» disse Francesco, facendo manovra.

«Andiamo a casa mia... eh, babbo?» disse Simona. Dovevano parlare forte, per via del rumore della pioggia che martellava il tettino.

«C'è il tuo fidanzato?»

«Come?» Simona si chinò in avanti.

«Il tuo fidanzato... è a casa?»

«No.»

«Comunque non ho molta fame.»

«Devi mangiare, babbo.»

«Preferisco andare a casa mia.»

«Come vuoi...»

Non parlarono più fino a casa. Francesco scese con l'ombrello sulla testa e accompagnò fino al portone prima suo padre e poi Simona. Salirono le scale gocciolando acqua dai vestiti. In casa c'era odore di chiuso e un grande silenzio. Mario agganciò il cappotto all'attaccapanni, e andò in camera a cambiarsi.

In cucina Simona iniziò a piangere, silenziosa. Quello era il regno di sua madre, con le presine attaccate ai ganchetti, il calendario di Frate Indovino, il barattolo del sale grosso con scritto sopra SALE GROSSO. Francesco aprì il frigo, vide il minestrone e allungò le mani per tirarlo fuori, poi si bloccò. Pensare che lo aveva cucinato sua madre gli faceva impressione. Simona se ne accorse, e dopo un'occhiata triste al fratello prese la pentola e la mise a scaldare sul fuoco.

«Se la mamma sa che lo abbiamo fatto andare a male si arrabbia» disse, con la voce rotta. Francesco l'abbracciò, e lei si mise a singhiozzare asciugandosi il naso sulla sua giacca. Dalla pentola saliva un buon odore, che la faceva piangere sempre di più. Quando riuscì a calmarsi, si staccò dal fratello e si mise ad apparecchiare il tavolo del tinello.

Mario era in bagno. Ogni tanto lo sguardo gli cadeva sul pavimento, sulle mattonelle azzurre dove aveva trovato sua moglie con l'occhio sbarrato. Sulla mensola c'era la spazzola, con qualche capello di Lella rimasto impigliato tra le setole. Dal bicchiere spuntava il suo spazzolino, e il piccolo scaffale di legno verniciato era pieno di creme. Si osservò nello specchio. La sua faccia senza baffi cominciava a sembrargli normale. Lui si era tagliato i baffi, e Lella era morta. Sapeva che era assurdo, ma gli sembrava quasi che tra le due cose ci fosse un misterioso legame...

A tavola il primo a parlare fu lui. Si mise a raccontare piccole avventure che aveva vissuto con Lella. Una domenica erano rimasti chiusi fuori casa, e per trovare un fabbro... Un'altra volta si era allagata la casa perché il tubo della lavatrice si era rotto, e tornando avevano trovato l'acqua che scendeva giù per le scale. Erano anche rimasti fermi sull'autostrada all'altezza di Altopascio, un sabato mattina che pioveva a dirotto. Adesso poteva ridere di quelle cose, ma sul momento...

Andò avanti a raccontare, fermandosi solo ogni tanto

per mandare giù un cucchiaio di minestrone. Simona e Francesco ascoltavano in silenzio.

Dopo un po' anche Mario smise di parlare. A momenti gli sembrava di sentire dei rumori in cucina. Immaginava che sua moglie entrasse in tinello con un vassoio in mano, e vedeva i suoi occhi buoni. Non sarebbe più successo. Lella se n'era andata.

Simona servì a tutti un'altra scodella di minestrone, con gesti da sacerdote. Continuarono a mangiare. Dal televisore del piano di sotto arrivava il rumore ovattato di una sparatoria, e Mario sorrise. Lella con i film violenti si annoiava, preferiva quelli dove non si sparava un colpo. Mario si ricordava molte cose dei gusti di sua moglie. Quando non aveva nulla da fare lei amava leggere seduta in poltrona... e le piaceva tanto il cavolo cappuccio crudo, tagliato fine fine... in cucina era imbattibile...

«Questo minestrone è buonissimo» disse Mario, e Mimma storse il viso per cercare di non piangere. Francesco imitò il sorriso di suo padre.

«Babbo, com'è che ti sei tagliato i baffi?»

«Già, come mai?» disse Simona, tirando su con il naso. Mario si toccò il labbro superiore, liscio e morbido.

«Non ho mai avuto i baffi» disse Mario, serio. I suoi figli si guardarono e fecero finta di nulla.

Rimasero di nuovo in silenzio. A un tratto Francesco scoppiò a piangere, si alzò di scatto e uscì dalla stanza. Nessuno gli andò dietro. Mario guardava fuori dalla finestra. Pioveva ancora. Dopo qualche minuto Francesco tornò in tinello, e si sedette a tavola come prima. Simona portò un po' di frutta. L'aveva comprata la mamma, e certamente l'aveva toccata. Lo faceva sempre, per scegliere la frutta più buona. Simona mangiò una pera trattenendo le lacrime. Francesco adesso aveva l'aria di chi non ha mai pianto in vita sua.

«Babbo, perché non vieni a stare qualche giorno da me?»

«Ma dove?»

«A Milano...»

«Non posso. Ho un lavoro» mentì, senza accennare alla sua decisione di andare in pensione.

«Puoi prendere una settimana di ferie» insisté Francesco.

«Non mi piace, Milano.»

«Allora puoi andare da Simona.» Scambiò un'occhiata con la sorella, che approvò con un cenno del capo. Mario immaginò ancora una volta il fidanzato di sua figlia. Quel ragazzone mezzo scemo gli piaceva meno di Milano. Simona intuì i suoi pensieri.

«Ottavio può dormire dai suoi» disse.

«Sto bene qui, non mi manca nulla.» Era una cosa strana da dire, in un giorno come quello. I suoi figli lo guardavano con aria smarrita, e Mario abbassò lo sguardo. Gli passavano in mente ricordi di ogni epoca della sua vita, uno dopo l'altro. Ma vedeva anche immagini degli ultimi due giorni. Dopo che Lella era morta, per due notti aveva dormito seduto in poltrona, nel suo buco. La prima notte nella casa vuota, poi era arrivato suo figlio. Ricordava ogni cosa di quei due giorni...

Simona era arrivata con il pigiama sotto il cappotto, e si era inginocchiata davanti a sua madre. Aveva pianto a lungo. Verso le tre era dovuta tornare a casa, per via delle bambine.

Francesco era arrivato la mattina di sabato, molto presto. Aveva abbracciato suo padre e insieme erano andati in camera da letto a vedere la mamma. L'aria sembrava più fredda che nelle altre stanze. Il viso della morta aveva un'espressione indifferente, e la sua bocca immobile dava l'impressione di nascondere un rimprovero. Francesco era rimasto in piedi accanto al letto per una mezz'ora, poi aveva cominciato a occuparsi delle faccende pratiche. La notte aveva dormito nella stanza degli ospiti, che una volta era la sua...

«E ora come fai, tutto solo?» La voce di Simona spazzò via i suoi pensieri.

«Non dovete preoccuparvi per me.»

«Ma babbo...» fece Francesco.

«Voglio restare a casa mia.»

«Dove dormirai?»

«Nel mio letto.»

«Parli sul serio?» disse Francesco.

«Se non lo faccio stanotte non lo faccio più.» Ne era convinto. Doveva abituarsi da subito a quell'idea. Anche a molte altre cose, doveva abituarsi. Non sarebbe più andato con Lella in giro sulle colline, e nemmeno a mangiare la pizza a San Casciano, in quelle lunghe giornate in cui non parlavano quasi. Non sarebbe più andato con lei al mare, a scottarsi sotto il sole e a innervosirsi per colpa dello iodio.

Cercava dentro di sé quel senso di vuoto che la morte dovrebbe lasciare, soprattutto la morte di chi ci è stato accanto per una vita intera. Invece avvertiva soltanto una leggera elettricità sotto la pelle, mista a paura, come se all'improvviso si fosse trovato in mezzo a una foresta da esplorare. Non che Lella non gli mancasse, ma se doveva essere sincero fino in fondo...

Senza volerlo ripensava a tutte le cose che gli avevano

attraversato la mente nell'ultima settimana, dopo quel famoso lunedì... La sua insofferenza verso abitudini incartapecorite dagli anni, e anche verso quella povera donna di sua moglie. Per la prima volta aveva guardato la propria vita senza indulgenza, e l'aveva trovata mediocre. Non poteva dare la colpa a nessuno, tantomeno a Gisella. Semplicemente, era andata così. Lui per primo non aveva fatto nulla per cambiare le cose, non ne aveva sentito l'esigenza. In fondo era stato bene. Non ricordava di aver mai provato grandi frustrazioni, e non sentiva di detestare il proprio passato. Solo che adesso...

Guardava i suoi figli seduti uno accanto all'altro di là dal tavolo, cercando di decifrarli. Li conosceva davvero? O era la solita illusione dei genitori? Si costrinse a osservarli con occhi estranei. Francesco aveva la testa troppo grossa, in certi momenti sembrava che gli pesasse. Aveva scolpita nel viso l'espressione di sua madre. Le labbra sottili, il mento sfuggente. Simona invece somigliava a lui, a suo padre. Fin da bambina aveva sempre tenuto le spalle leggermente curve, forse per timidezza. Non era bella, e aveva gli occhi un po' smorti.

Mario si rese conto di non aver mai pensato cose del genere dei suoi figli, non ne aveva mai avuto il coraggio. Adesso ne sentiva il bisogno, anche se non era per niente piacevole. I suoi figli? Due persone scialbe, senza carattere. Erano stati speciali solo per lui e per Lella, perché erano sangue loro... Questo pensiero gli sembrò tristissimo, ma provò anche un senso di libertà che subito gli pesò sulla coscienza come un peccato.

«Pensaci bene, babbo...» disse Simona.

«A cosa?»

«Vuoi proprio stare da solo?»

«Sto bene qui, è la mia casa.»

«Lo so... era solo per...» Simona abbassò gli occhi senza finire la frase, aveva capito che era inutile. Andò a fare il caffè per tutti, con la moka che la mamma aveva maneggiato per anni. Francesco e suo padre si versarono una grappa.

Si sistemarono sul divano a guardare le foto di famiglia, Mario seduto nel mezzo, stretto tra i suoi figli. Commentavano, ricordavano, a volte ridevano. Simona aveva sempre gli occhi bagnati e il fazzoletto in mano. Mario guardava le foto e intanto ripensava alla mattina. Si era svegliato presto, prima di Francesco. Aveva dormito seduto sulla sua poltrona e si sentiva le ossa rotte. Dopo essere passato dal bagno era andato in camera da letto e si era avvicinato a sua moglie. Lella aveva il viso marrone, le sue labbra sembravano dure come il legno, e la fronte si era assottigliata. Era rimasto a guardarla. Quei capelli tinti non gli erano mai piaciuti. A un tratto dalle labbra rigide di Lella era uscito un lungo soffio, e lui era stato sul punto di parlarle, anche se non avrebbe saputo cosa dire. Un attimo dopo aveva sentito aprire la porta. Era entrato Francesco, con la faccia assonnata e gli occhi piccoli come pinoli. Si era messo accanto a lui a guardare sua madre. A un tratto Mario aveva immaginato di fare un passo in avanti e di mollare uno schiaffo a Gisella. Non aveva nessun motivo per fare una cosa del genere, non ce l'aveva con lei. Era soltanto il pensiero che se ne andava per conto suo, non doveva sentirsi in colpa. Una stupidaggine come un'altra... Ma anche se non voleva, aveva continuato a immaginare quella scena. E intanto si chiedeva: *Se lo facessi davvero, cosa succederebbe? Cosa direbbe Francesco?* Aveva vissuto più o meno la stessa cosa mentre gli impiegati delle pompe funebri sollevavano sua moglie per metterla nella cassa, e anche in chiesa durante l'omelia. Se si fosse messo a ridere come un idiota, o se magari avesse tirato dei pugni sulla bara... Come avrebbe reagito il prete? E tutti gli altri, cosa avrebbero fatto? Moriva dalla voglia di saperlo... Ma perché, poi? In quei momenti si sentiva prigioniero della curiosità. Fare qualcosa che nessuno si sarebbe mai aspettato, andare contro ogni convenzione e osservare le reazioni. Avrebbero pensato tutti che il vedovo fosse impazzito, solo perché era uscito dai confini che in quella precisa occasione erano stati previsti per lui. Anche per le piccole cose era così, esattamente così. Da lui ci si aspettava soltanto che continuasse a essere com'era sempre stato, altrimenti... *Mario, non è da te...*

Il tempo era migliorato, e verso le quattro uscirono a piedi per andare a fare due passi in centro. Mario si era lasciato convincere con facilità, più che altro per tranquillizzare i figli. Non aveva nessuna voglia di uscire, ma voleva dimostrare di non essere un vecchio annientato dal dolore che voleva isolarsi dal mondo. Non sopportava l'idea di essere compatito. Era bello avere accanto i suoi figli, tutti e due insieme, ma voleva evitare a ogni costo di trasformarli in infermieri. Avevano la loro vita, e lui non aveva bisogno dell'aiuto di nessuno. Aveva solo sessantadue anni, lavorava ancora, era pieno di energia come un ragazzino... Perché Mimma e Nino lo trattavano come se fosse incapace di sopravvivere senza la mamma? Adesso gli camminavano a fianco, uno a destra e l'altra a sinistra. Ci mancava solo che lo tenessero per le braccia come due carabinieri.

«Ci facciamo una coppa di champagne?» disse a bassa voce, mentre attraversavano piazza Beccaria ingorgata di traffico.

«Come dici, babbo?» chiese Francesco.

«Nulla...»

«Vuoi andare in campagna?» disse Simona.

«No, stavo cantando...»

«Che hai detto, babbo? Con tutte queste macchine non si sente niente...»

«Dicevo che c'è un bel sole» urlò quasi, per superare il

rumore dei motori. L'aria puzzava. Perché aveva detto quella scemenza? Non aveva nessuna voglia di bere champagne.

Finalmente s'infilarono in Borgo la Croce, dove le macchine non potevano passare. Mario camminava con le mani in tasca. Non riusciva a capire con chiarezza cosa provasse. Era confuso. Non soffriva come si era immaginato, e soprattutto come immaginavano gli altri. Anzi in certi momenti sentiva dei guizzi di gioia nei polpacci. Non era una gioia normale, era mescolata alla paura. Ma questo non faceva che alimentare quel brivido. Davanti a sé aveva un mondo intero da ricostruire dalla A alla Zeta. Adesso era tutto nelle sue mani, a parte la volontà di Dio. Era curioso di scoprire cosa sarebbe diventato adesso, senza Gisella.

Ogni tanto uno dei suoi figli diceva qualcosa. Un ricordo della mamma, una storiella divertente capitata sul lavoro, un commento su una vetrina antipatica. Dopo una lunga camminata, Simona propose di cenare tutti a casa sua... senza Ottavio, ovviamente.

Fu una cena allegra, con le bambine che correvano intorno al tavolo. Verso mezzanotte Mario e suo figlio tornarono a casa. Finirono la bottiglia di grappa davanti alla tv, poi andarono a dormire. Francesco nella solita stanza, e lui nella sua, dove aveva dormito per quasi quarant'anni con Lella.

Il letto era stato rifatto da Simona. Si spogliò e s'infilò sotto le coperte, dalla sua parte. Si voltò verso il lato di sua moglie, guardò il cuscino, il lume da notte, la bottiglia dell'acqua, i santini sparsi sul comodino. Lella ne aveva a centinaia, di santini. Nei cassetti di tutta la casa, dentro la borsa, tra gli scaffali della cucina. Anche in bagno, attaccati allo specchio. Mario li notava solo adesso, dopo che lei era morta. Prima era come se facessero parte di sua moglie, e lui aveva smesso di farci caso da un pezzo. Povera Lella... E se di là non ci fosse stato nulla?

Sopra il comodino c'era ancora il libro che lei stava leggendo, con il segnalibro che spuntava dalle pagine. Lo guardò per almeno un minuto, e alla fine si allungò per prenderlo. Non sapeva nemmeno quale libro stesse leggendo sua moglie. Al centro della copertina azzurra c'era la foto in bianco e nero di un letto vuoto. Georges Simenon. Non era quello che aveva inventato Maigret? Da ragazzo aveva visto i telefilm in tv con Gino Cervi, e si ricordò che gli erano piaciuti. Aprì il libro dall'inizio e cominciò a leggere. Già dalla prima pagina gli sembrò di entrare in un altro mondo, e andò avanti a leggere dimenticando di avere un libro in mano...

Quando sentì gli occhi che si chiudevano da soli era arrivato oltre la metà, quasi al segno che aveva lasciato sua moglie. Mise via il libro e spense la luce. Si rese conto che aveva letto pensando che quelle stesse parole le aveva lette anche Lella, nei giorni passati, e in quel momento, per la prima volta dopo molti anni, la sentì vicina.

Francesco era partito per Milano la mattina presto, dopo una grande tazza di caffè. Sulla soglia aveva detto ancora una volta a suo padre che avrebbe fatto meglio a stare da lui o da Simona, almeno per qualche giorno. Mario aveva scosso la testa, con un sorriso tranquillo.

«Ciao babbo, se hai bisogno chiama quando vuoi.» Si erano stretti la mano e Francesco era sparito giù per le scale. Mario aveva chiuso piano la porta, poi era andato a vestirsi.

Alle otto e dieci era già all'Inps, con il numerino in mano. Finalmente toccò a lui, e con il sorriso sulle labbra inoltrò la domanda per la pensione. Fu tutto meno complicato di quello che immaginava. Quando uscì dal palazzo fascista della previdenza nazionale si sentiva leggero.

Montò sullo stesso bus che aveva preso ogni mattina per più di quarant'anni, ma adesso che aveva preso la decisione di andare in pensione fu un viaggio tutto diverso. Durante il tragitto gli sembrò addirittura di notare particolari che non aveva mai visto, forse perché guardava il mondo con altri occhi.

Scese a Scandicci e s'incamminò sul marciapiede con passo deciso, come se andasse ad affrontare un nemico. Entrò negli uffici della ditta dove lavorava e chiese di vedere il dottor Biagiotti, il proprietario della fabbrica di imballaggi. La giovane segretaria gli disse di accomodarsi sul divanetto del corridoio, perché c'era un po' da aspettare. Il dottor Ezio Biagiotti era il figlio del cavalier Mariano Biagiotti e nipote del fondatore della ditta, il commendator Ferdinando Biagiotti. Il dottor Ezio non aveva ancora quarant'anni, e a volte da bambino veniva in ditta a giocare o a fare i compiti. Mario era stato assunto dal commendatore nel lontano 1966, all'età di diciannove anni, fresco di diploma, e non se n'era più andato. Dal suo ufficio aveva visto cambiare il mondo con una certa apprensione, ma soprattutto con tristezza. Quanti ricordi aveva, là dentro...

La porta si aprì dopo una mezz'ora, e la segretaria gli fece cenno di entrare. Mario s'infilò dentro, si avvicinò alla scrivania e rimase in piedi. Il dottor Biagiotti lo guardava con aria impaziente.

«Mi dica, ragioniere.»

«Venerdì è morta mia moglie.»

«Rossi, perché non mi ha detto niente?» Il direttore si alzò in piedi, imbarazzato. Aveva almeno venticinque anni meno di lui, e odorava di creme.

«Non ci ho pensato, dottore... Mi scusi.»

«Com'è successo?» Biagiotti girò dietro la scrivania e gli andò incontro. La sua faccia lucida mandava riflessi.

«Trombosi...» Lo disse quasi con un senso di colpa. Il giovane imprenditore si fermò davanti a lui.

«Sono immensamente dispiaciuto, ragioniere. Se ha bisogno di qualcosa... non faccia complimenti.»

«Stamattina ho inoltrato la domanda per la pensione, e vorrei chiederle il favore di poter usufruire di tutte le ferie che ho accumulato.»

«Intende lasciarci?»

«Mi sento un po' stanco» mentì. Voleva solo essere libero.

«Ne ha tutto il diritto, ragioniere. Non le nego che perdere un bravo impiegato come lei...»

«La ringrazio, dottore. Ma credo che sia arrivato il momento di tirare i remi in barca.» Cercava di sembrare avvilito, per dare più forza alle parole.

«Il mancato preavviso potrebbe farle perdere una parte della liquidazione...»

«Non importa, dottore. Ormai ho deciso.»

«Be', vedremo se è possibile evitarle questo danno.»

«La ringrazio» borbottò Mario, accennando un sorriso. Il dottor Biagiotti gli strinse la mano con vigore.

«Le auguro buona fortuna, ragioniere.»

«Grazie, dottore.»

«Non faccia il lupo solitario, non si isoli, mi raccomando» mormorò Biagiotti, accennando un sorriso desolato e vagamente complice.

«Non lo farò.»

«È un momento difficile, lo so bene, ma la vita deve continuare.»

«Non si preoccupi, dottore.»

«Quando vuole passare a trovarci è sempre il benvenuto, non lo dimentichi.»

«Verrò senz'altro, glielo prometto.» Biagiotti lo accompagnò alla porta, e sulla soglia gli strinse un braccio.

«Se ha bisogno di me, non esiti...»

«Grazie, dottore. Arrivederci.»

«Arrivederci, ragioniere.» Mario uscì e la porta si richiuse alle sue spalle senza un rumore.

Andò a salutare i suoi colleghi. Erano sei, quattro uomini e due donne. Gli chiesero sorridendo come mai avesse fatto tardi, proprio lui che era sempre puntuale. Appena seppero che sua moglie era morta sbiancarono, e cominciarono a trattarlo con una compassione che a Mario sembrò umiliante.

«Lascio il lavoro» annunciò, solenne.

«Fai bene... Bravo...» esclamarono tutti. Bonacchi gli disse che quella sera andava al cinema con sua moglie a vedere un film americano, e gli chiese se voleva unirsi a loro. Mario disse di sì senza pensarci, e fissarono per le otto in piazza della Repubblica. Anche gli altri buttarono lì qualche vago invito.

Approfittando di un momento di silenzio, Mario si allontanò dai colleghi, scusandosi. Imboccò il corridoio e s'infilò da solo nel suo ufficio. Il suo ex ufficio, ormai. Si sedette dietro la scrivania, sopra la sedia che lo aveva visto invecchiare. Fino a venerdì quella stanza faceva parte della sua vita come il suo letto, eppure adesso aveva la sensazione di essere finito in un vecchio ricordo. Il monitor e la tastiera del computer erano attorniati da foglietti scritti, cartelle aperte, penne e pennarelli, oggetti vari accumulati nel tempo. Dieci anni prima aveva dovuto imparare a usare quell'aggeggio elettronico, ma non aveva incontrato grandi difficoltà. Ormai da anni sapeva usare internet e la posta elettronica. Un grande risparmio di tempo.

In un angolo della scrivania c'era una piccola foto incorniciata di Simona e Francesco da bambini, sulla spiaggia del Cinquale. La prese e se la mise in tasca. C'era un'altra cosa a cui teneva molto, una vecchia cucitrice scortecciata. Prese anche quella, come ricordo. Si alzò in piedi e continuò a guardarsi intorno. Aveva passato là dentro quarantatré anni. Gli sembrava impossibile, e addirittura buffo. Ma in fondo non aveva un brutto ricordo di quei decenni. Anzi era il contrario. Quell'ufficio era stato il suo regno, là dentro si era sempre sentito a casa. Adesso non sarebbe più riuscito a viverci per otto ore al giorno, dal lunedì al venerdì. L'ultima settimana aveva già cominciato ad avvertire qualcosa del genere, mentre batteva sulla tastiera del computer. Nulla di definito, solo una vaga sensazione di inutilità. Doveva morire sua moglie perché lui riuscisse a prendere quella decisione. Smettere di lavorare. Quante volte glielo aveva ripetuto, Lella?

Uscì dal suo vecchio ufficio con il vuoto allo stomaco, come da ragazzino quando scartava un regalo. Aveva la sensazione di stare per imbarcarsi su una nave con destinazione ignota. Tornò dai suoi colleghi e li trovò a parlottare. Strinse la mano agli uomini e baciò sulle guance le due donne. Ci fu un mormorio di *inboccallupo*, e finalmente Mario se ne andò. Si allontanò dall'edificio senza voltarsi, trattenendo le lacrime. Non aveva la minima idea di come mai avesse voglia di piangere.

Prese un autobus a caso. Era quasi vuoto, e si mise a sedere accanto al finestrino. Tutto quel tempo libero a disposizione lo disorientava. Era abituato a desiderarlo, il tempo. Ora doveva cercare di riempirlo, ed era curioso di scoprire cosa sarebbe stato capace di fare.

L'autobus attraversò il centro e continuò verso la periferia, lungo strade e vialoni che non aveva mai visto. Scese al capolinea, sotto un grande ponte di cemento. Sopra la sua testa le macchine passavano veloci. S'incamminò in quelle vie anonime costeggiate da enormi palazzi nuovi e simili tra loro. Ogni tanto si vedeva qualche metro quadrato di erba giallastra, con una brutta statuetta in mezzo. Viveva in quella città da sempre, e non sapeva nulla di quel quartiere. L'ultima volta che ci era passato c'erano ancora dei campi più o meno coltivati. La città si era allargata e lui non ne sapeva nulla. Casa e ufficio, ufficio e casa... Questa era stata la sua vita, a parte le gitarelle in collina e le vacanze al mare. Fece un conto approssimativo di quanto gli spettava di liquidazione e di pensione, e ci sommò i risparmi quasi involontari di una vita con poche spese. Un sacco di soldi. Si sentiva un uomo ricco.

Il sole e il passo svelto lo facevano sudare, e si allentò la cravatta. Dell'Italia non aveva visto quasi nulla. Napoli, Torino, Palermo, Genova... non era mai stato nemmeno a Venezia, e a Roma solo una volta da ragazzo con i suoi genitori, dalla mattina alla sera. Piazza di Spagna, piazza Navona, Trastevere, e naturalmente il Vaticano. Si ricordava a malapena i monumenti e le piazze, era come se non ci fosse mai stato.

Tornò al capolinea, e montò sull'autobus che aveva appena acceso il motore. Oltre a lui c'era solo una donna sui cinquant'anni dall'aria rassegnata, seduta dietro il conducente. Mario la fissava da dietro, e cercava di immaginare come passasse le sue giornate. Sarebbe mai stata capace di cambiare la sua vita, prima o poi? L'autobus partì fra i sussulti. Mario guardava scorrere i palazzi, e pensava a Roma. Chissà com'era, Roma. Di certo bellissima. Cosa avrebbe fatto tutto il giorno, in una città così grande?

Scese in centro, e s'infilò nella prima agenzia di viaggi che vide. Aspettò il suo turno. C'era sempre una coda da fare, ovunque si andasse. Finalmente toccò a lui. Spiegò al ragazzo le sue esigenze e rispose anche a qualche domanda. Finalmente si capirono. Il ragazzo prenotò via internet una stanza in una pensione di Roma non distante da Trastevere, per mercoledì mattina. Dopodomani. Il treno era l'Eurostar delle otto e cinquantatré. Quando Mario si trovò il biglietto in mano gli venne voglia di annusarlo, ma riuscì a trattenersi. Gli sembrava di avere in mano tutta Roma. Pagò e si avviò a piedi verso casa, sforzandosi di camminare con calma. Era quasi l'una. Aveva la sensazione che fosse un giorno di festa. Per quarantatré anni nei giorni feriali aveva pranzato a Scandicci, in un self-service a due passi dall'ufficio. Oggi per la prima volta sarebbe tornato a casa, una casa vuota. A un tratto si sentì smarrito. Avrebbe cucinato da solo, mangiato da solo, dormito da solo. Non c'era più sua moglie a fare da sponda ai suoi pensieri, alle sue chiacchiere, alle sue sparate davanti al telegiornale. Stanze vuote, dove gli unici rumori sarebbero stati i suoi. Una vita completamente diversa. Nuova, sconosciuta.

Non voleva partire per Roma con una valigia vecchia, una di quelle che usavano lui e Lella per andare al mare. Lungo la strada ne comprò una con le rotelle. Se la trascinava dietro e immaginava che la gente pensasse: «È appena tornato da un viaggio».

Aprì il portone e salì le scale con impazienza. Andò subito in camera a riempire la valigia. Prima di chiuderla controllò di non aver dimenticato niente. Si ricordò della cucitrice che aveva portato via dall'ufficio, e la mise nel cassetto del comodino come un cimelio di guerra. La foto incorniciata che aveva tenuto sulla scrivania per quasi mezzo secolo la appoggiò sul cassettone, accanto a quella del suo matrimonio e ad altri soprammobili.

Alle due si preparò un piatto di penne, e rimpianse quelle di Lella. La pasta era scotta e si era addirittura dimenticato di salare l'acqua. Per condirla aveva scongelato una vaschetta di ragù di carne cucinato da sua moglie. Nemmeno quel magnifico condimento era riuscito a salvare la pasta. Ma aveva molta fame, e ingurgitò fino all'ultima penna bevendoci dietro mezza bottiglia di vino rosso.

Dopo il caffè entrò nel suo buco, lasciando la porta aperta. Si sedette in poltrona con il libro di Simenon e fece partire il disco di Rossini. Di solito non ascoltava la musica alle tre di pomeriggio, ma la cosa più strana era che i violini fossero liberi di invadere tutta la casa. La sera in cui sua moglie era morta, aveva sentito quel rumore di vetri rotti mentre stava ascoltando *La Cenerentola*. Si ricordava il punto esatto in cui aveva abbassato il volume, e da ora in poi se lo sarebbe ricordato ogni volta.

Cominciò a leggere, e dopo poche pagine oltrepassò il segno lasciato da Gisella.

Finì il libro in poco tempo. Lo chiuse con un tuffo al cuore, se lo mise sulle ginocchia e ci appoggiò sopra le mani. Era sbalordito. Aveva vissuto quel romanzo sulla propria pelle e adesso ne aveva nostalgia, anche se leggendo aveva sofferto. Era una storia tristissima, che lo aveva portato lontano. A momenti si era addirittura rivisto nel protagonista, provando un leggero senso di vergogna.

Andò in salotto e cercò nella libreria altri romanzi di Simenon. Se li sarebbe portati a Roma. Chi glielo impediva? Poteva anche cambiare idea all'ultimo momento e lasciarli a casa. Poteva mettersi a letto alle quattro del pomeriggio, far tingere di arancione le pareti del bagno... Poteva anche pisciare nell'acquaio della cucina. Poteva fare tutto quello che voleva.

Trovò altri quindici romanzi di Simenon. Ne scelse tre lasciandosi guidare dalla suggestione dei titoli, e andò in camera per metterli subito in valigia. Chissà se li avrebbe letti, gli facevano un po' paura.

Senza un motivo aprì l'armadio di sua moglie, e subito

avvertì nell'aria il suo odore, un misto di farina di castagne e acqua di colonia svaporata. Per un attimo gli sembrò assurdo, come se di solito i morti si portassero via ogni traccia del loro passaggio. Sfiorò i vestiti con un dito, facendoli oscillare sulle grucce. Non li conosceva tutti, anche se erano pochi. Richiuse l'armadio e aprì il cassetto del comodino di Lella. Un fazzoletto sporco, una grande quantità di santini, due rosari. C'era anche una vecchia lettera di Francesco. La prese in mano per leggerla, ma cambiò subito idea e la rimise a posto. Non aveva nessuna voglia di affacciarsi sul passato.

Uscì dalla camera e si mise a passeggiare lentamente per la casa. Osservava ogni angolo, apriva gli sportelli, i cassetti. Dappertutto aleggiava la presenza di sua moglie... Non solo per i santini disseminati qua e là, o per le sue calze rimaste appese allo stendipanni sul terrazzo della cucina. Gli bastava guardare le mattonelle del pavimento o la maniglia della porta per avvertire la sua presenza.

C'era un bel sole. Arrivò in fondo a via Scipione Ammirato, imboccò il sottopassaggio della ferrovia e sbucò dall'altra parte. Via Lungo l'Affrico era ingorgata di traffico. Quando era ragazzo il fiumiciattolo scorreva ancora a cielo aperto, e in quella zona passava una macchina ogni tanto.

Aveva davanti tutto il pomeriggio. Un tempo infinito. Provava la stessa emozione di quando da bambino saltava la scuola per via di qualche linea di febbre. Una specie di noia eccitante, a cui si abituava volentieri.

Sentì suonare il cellulare e lo sfilò dalla tasca con un sospiro. Sullo schermo lesse *Simona*. Si fermò all'ombra di un albero e rispose.

«Babbo! Ti ho chiamato in ufficio ma mi hanno detto che...»

«Da oggi sono in pensione.»

«Non ci avevi detto nulla.»

«Ho deciso stamattina» mentì.

«Sono contenta... La mamma lo diceva sempre...»

«Lo so.»

«Che stai facendo di bello?» Si sforzava di essere allegra.

«Sono uscito a fare due passi.»

«Ah, bene... Sei riuscito a cucinare qualcosa?»

«Certo.»

«Domani sera ti va di venire a cena da noi?»

«Noi chi?» Sapeva bene che non sarebbe andato, ma lo chiese lo stesso.
«Io e le bimbe.»
«Domani non so se posso.»
«Anche le bambine hanno tanta voglia di vederti.»
«Baciale da parte mia.» Non era vero che le bambine avevano *tanta* voglia di vederlo, ne era sicuro. Sua figlia era preoccupata, e inventava queste piccole bugie convinta di fargli piacere.
«Allora vieni mercoledì...» disse Simona.
«Questa settimana preferirei di no.»
«Adesso sei in pensione... Cos'hai da fare di così importante?»
«Sento il bisogno di stare un po' da solo.»
«Come vuoi» mormorò Simona, delusa. Si mise a raccontare cose buffe sulle bambine. Cominciò quasi ridendo, ma a metà di una frase si bloccò per trattenere un singhiozzo. Dopo qualche secondo di silenzio mormorò che avrebbe richiamato più tardi e riattaccò. Mario riprese a camminare. Dopo qualche minuto telefonò Francesco.
«Ciao, babbo, ti ho chiamato in ufficio...» Anche lui.
«Non vado più in ufficio, da oggi sono in pensione.»
«Che bella sorpresa...»
«Ho deciso stamattina.»
«Hai fatto benissimo, anche la mamma te lo diceva sempre... E insomma, come ti senti?»
«Bene.»
«A Milano piove.»
«Qui c'è il sole.»
«Ah, bene... Dove hai mangiato?»
«A casa.» Si sedette su una panchina, all'ombra dei pini.
«Hai cucinato da solo?»

«Ma sì...»

«E cos'hai fatto di buono?»

«Penne rigate con il ragù di carne della mamma. Lo aveva congelato.»

«Beato te, la mamma in cucina ci sapeva fare. E stasera cosa mangi?»

«Quando sarà il momento ci penserò.» Si sentiva freddo e scostante, gli usciva fuori una voce cupa, antipatica. Suo figlio faceva finta di non accorgersi di nulla. Quasi certamente lo credeva annichilito dal dolore, invece erano proprio tutte quelle attenzioni a infastidirlo. Ce l'avrebbe fatta benissimo da solo, come mai non volevano capirlo? Pensavano che sarebbe morto di fame?

Francesco parlò un po' della mamma, elogiando i suoi innumerevoli pregi e interrompendosi quando la gola gli si chiudeva...

«Babbo ti devo lasciare, ti richiamo stasera a casa.»

«Può darsi che esca.»

«Come?»

«Vado un po' fuori.»

«Fuori dove?»

«Ancora non so, forse vado al cinema» disse Mario, un po' seccato dallo stupore di suo figlio. Lo trattavano come se fosse la metà di qualcosa, un essere mutilato incapace di vivere. *Ora che la mamma è morta, che farà quel povero vecchio?*

«Al cinema da solo?» disse Francesco.

«Sì, perché?» Sul marciapiede di fronte stava passando una bella ragazza, e Mario le piantò gli occhi addosso.

«Non è meglio se ci vai con qualcuno? Quel tuo collega che...»

«Ho voglia di stare un po' da solo.» La ragazza sapeva

di essere bella e camminava sui tacchi a spillo con un passo altezzoso, stretta in un paio di pantaloni che le lasciavano fuori l'ombelico. Aveva un visino frizzante e lunghi capelli castani che si alzavano leggeri nel vento.

«Babbo, ci sei?»

«Sì...»

«Dicevo che questo fine settimana pensavo di venirti a trovare.»

«Lascia stare, non voglio che ti stanchi.» Continuava a seguire la ragazza con lo sguardo, immaginando di sentire sotto le dita la sua pelle giovane, il seno pieno di vita... e di baciarla, di essere desiderato da lei...

«Non mi stanco, babbo. Vengo volentieri, se vuoi.»

«Per adesso preferisco di no...» Gli era tremata un po' la voce, per colpa della ragazza che dondolava il sedere in quel modo.

«Babbo, stai bene?»

«Mi è andata di traverso la saliva...» Era invecchiato accanto a sua moglie senza mai tradirla, sbirciando le donne per la strada, sul bus, alla televisione, concedendosi fantasie di cui nessuno avrebbe mai saputo nulla.

«Perché uno di questi giorni non vai a parlare con il tuo medico?»

«Che ci vado a fare?» A dire il vero ci aveva provato diverse volte a tradire Lella, ma non ci era mai riuscito. Era sempre stato rifiutato. L'ultima volta un paio di anni prima, la cassiera del self-service accanto all'ufficio.

«Magari ti fai prescrivere delle goccioline» disse Francesco.

«E per cosa?» Cominciava a infastidirsi.

«Ti aiuterebbero a dormire meglio.»

«Non ho bisogno di nessuna gocciolina.» La ragazza

era sparita dietro l'angolo di via D'Annunzio. Mario si alzò e le andò dietro.

«Lo dicevo per te...» borbottò suo figlio.

«Stai tranquillo, sto bene.»

«Babbo, ora devo proprio andare.»

«Anch'io...» gli sfuggì.

«Se hai bisogno chiama quando ti pare, anche di notte.»

«Ciao, Nino...» Finalmente si salutarono. Mario spense il cellulare e accelerò il passo. Appena voltò l'angolo la vide, ferma davanti a una vetrina. Sentì un'emozione che non si ricordava di aver mai provato. Quella creatura era di una bellezza speciale... Non come sua figlia, che per la strada non si notava nemmeno.

Si avviò verso di lei camminando normalmente, con il cuore che martellava. Aveva preso una decisione, e a ogni passo si sentiva sempre più agitato... Cascasse il mondo, avrebbe parlato con quella bellissima ragazza. In tutta la sua vita non aveva mai fatto una cosa del genere, anche se lo aveva immaginato un sacco di volte. Si fece coraggio, e quando la raggiunse si piazzò accanto a lei davanti alla vetrina. Intimo femminile. Si accorse che la ragazza gli lanciava brevissime occhiate nel riflesso del vetro, forse curiosa di vedere in faccia l'uomo che contemplava con tanto interesse mutandine e reggiseni. Doveva dirle qualcosa. Non aveva mai fatto nulla di simile solo perché aveva sempre riflettuto. Non doveva riflettere, doveva lasciarsi andare. Cosa sarebbe successo? Aveva bisogno di saperlo. Da certi piccoli movimenti capì che la ragazza stava per andarsene, e cercò per la prima volta i suoi occhi nel riflesso della vetrina.

«Sei bellissima» mormorò, ma la voce quasi non gli

uscì dalla bocca. La ragazza gli lanciò un'ultima occhiata distratta, sempre attraverso il vetro, e se ne andò portandosi dietro tutta la gioia del mondo. Mario si sentì afflosciare. Per un attimo pensò di andarle dietro, ma gli mancò il coraggio. Aveva avuto la sua occasione e l'aveva sprecata. Non ce l'avrebbe mai fatta a reggere di nuovo quell'emozione. La lasciò andare via e s'incamminò nella direzione opposta, sforzandosi di non voltarsi a guardarla. Si asciugò il sudore sulla fronte con il fazzoletto. Si sentiva un povero vecchio, anzi un malato. Doveva cancellare quella visione dalla sua testa, doveva pensare ad altro.

Tornò in via Lungo l'Affrico, e gli apparve in mente un'immagine di tutt'altro genere: sua moglie distesa al centro del letto matrimoniale, con le mani intrecciate sul petto. Ripensò al sugo di carne. Nel congelatore doveva esserci ancora molta roba. Sughi vari, minestrone, melanzane alla parmigiana, lasagne... Tutte cose buone cucinate dalle mani di Gisella, anche se lei adesso era al cimitero. Gli faceva una certa impressione.

Ripensò per l'ennesima volta alla sera di venerdì, al preciso momento della *Cenerentola* in cui aveva sentito il rumore di vetri e aveva abbassato il volume della musica. C'erano stati quei passi veloci nel corridoio, e un istante dopo la riga di luce sotto la porta era scomparsa... Lella era morta poco dopo, nel bagno.

Non riusciva a mettere a fuoco l'ultima immagine che aveva di sua moglie. Si ricordava soltanto che lei era in piedi davanti ai fornelli, come sempre a quell'ora... *Minestrone e filetti di pesce.*

La campagna era rigata di vigne, chiazzata di boschi e di oliveti. Un'altra bella giornata di sole. Gli sembrava di vivere una specie di sogno. Dal momento in cui il treno era partito, la sua casa gli era sembrata lontanissima. Non era una banale faccenda di distanze, era come essere in un altro tempo. Il tempo che non aveva mai vissuto.

Era seduto vicino al finestrino e guardava i campi illuminati dal sole, i sentieri bianchi che solcavano il terreno, le case coloniche e le ville piantate sui fianchi delle colline o sui crinali... Quando vedeva un essere umano o un animale muoversi in un campo, provava una gioia inspiegabile.

Lunedì sera era andato al cinema con il ragionier Bonacchi e sua moglie, a vedere un film americano pieno di esplosioni e colpi di scena. Non si era divertito per nulla, e i Bonacchi avevano pensato che lui fosse triste per via di Lella. Dopo il cinema erano andati a bere qualcosa in un piccolo bar del centro. Il ragioniere non stava zitto un secondo.

«Questa estate andiamo in montagna... Sai che a ottobre cambio la macchina?... Non dirmi che non ti piacciono le olive...» Una serata noiosissima. Non avevano nulla da dirsi. I Bonacchi erano stati premurosi in modo imbarazzante, come se avessero davanti un uomo disperato e senza speranza. Sembrava quasi che si vergognassero di essere ancora vivi. Era anche da situazioni come quella che Mario voleva allontanarsi, viaggiando verso Roma.

La carrozza era piena. Sul sedile di fronte a lui c'era un giapponese che dormiva. Si sentivano suonare i cellulari in continuazione, e la gente parlava a voce alta. Mario guardava fuori, senza farci caso. Si lasciava coccolare dal movimento del treno, con la testa appoggiata al finestrino. Il cellulare non lo aveva nemmeno acceso. Era partito senza avvertire i figli, volutamente, per sentirsi più libero. Dopo un po' chiuse gli occhi, e il rumore delle ruote che correvano sui binari lo trasportò lontano...

Si vide bambino... L'avevano messo a dormire nel lettone dei genitori. Era malato, aveva la febbre alta e vedeva i fiori della carta da parati colare sul muro. La mamma gli bagnava la fronte con un panno freddo e sussurrava parole che lui non capiva... Era un bellissimo ricordo, nonostante la febbre...

Un salto nella memoria e si ritrovò a un pranzo di Natale di mezzo secolo prima, quando ancora tutti i parenti si riunivano a casa della nonna Matilde, a Bagno a Ripoli. Un vecchio appartamento lugubre comprato con il sudore e il sangue di nonno Adelmo, morto prima che Mario nascesse. Di sale spaziose ce n'era una sola, e veniva usata in occasione di feste importanti. Nonna Matilde era una vecchia che si metteva il rossetto e si disegnava le sopracciglia con la matita. Fumava mezze sigarette con il bocchino, soffiando il fumo dalla bocca come una diva di Hollywood. Era egoista e viziata come una bambina. Il suo modo di fare non piaceva a nessuno, ed era temuta da tutti... Ma non era per lei che Mario rivedeva quel pranzo di Natale. Era per la zia Milli. Per tutto il tempo non aveva fatto altro che guardare lei, il suo volto pallido racchiuso da lunghi capelli neri, lisci e morbidi. Alla fine del pranzo era andato a sedersi sulle sue ginocchia, e quando lei rideva sentiva le vibrazioni trasmettersi al suo corpo. Avrebbe voluto baciarle il viso e dirle che era bella, ma non aveva trovato il coraggio. Zia Milli era morta da una decina d'anni, e non aveva mai saputo quanto era stata presente nei peccati di gioventù del suo nipotino in preda agli ormoni...

Cullato dal treno continuò a viaggiare nei suoi ricordi, e gli si parò davanti un'altra scena che gli fece serrare la mascella. Quanti anni aveva? Nove, forse dieci. Era a casa, seduto a tavola per il pranzo. Una domenica come tante altre. A un certo punto aveva detto qualcosa di buffo, solo per giocare, ma suo padre doveva aver capito male e gli aveva rivoltato la faccia con uno schiaffo. *Finiscila di fare l'imbecille.* Lo schiaffo più amaro della sua vita, perché non era meritato. Aveva sentito il pianto stringergli la gola, ma per orgoglio era riuscito a resistere. Era scappato in camera sua e si era buttato sul letto. Aveva infilato il viso tra il materasso e il muro, con i pugni stretti sul petto, e piangendo aveva desiderato con tutto se stesso che suo padre morisse... Che venisse schiacciato dalla zampa di un elefante, incenerito da un fulmine, infilzato dalle frecce e in mille altri modi. Singhiozzava e gli usciva il moccio dal naso. Nessuno si era precipitato a consolarlo. Lentamente a quel desiderio di morte si era aggiunto un peso insopportabile, e aveva pensato che non avrebbe mai più smesso di piangere. Quando aveva sentito la mano calda del babbo posarsi sulla sua testa aveva creduto di morire. Avrebbe voluto voltarsi, abbracciarlo forte e cancellare tutto. Ma non ci era riuscito. Aveva continuato ad affogare nell'amarezza stringendo i denti fino a farli scricchiolare, sperando in carezze sempre più dolci. Piacere, dolore, ma anche la terribile sensazione che nulla fosse più rimediabile... Per colpa sua, solo per colpa sua. Passavano i secondi. Sentiva che avrebbe voluto fare la pace con il babbo, con tutto il mondo, ma un motivo oscuro glielo impediva. Quante volte aveva vissuto la stessa cosa, anche da adulto? Ringhiando contro sua moglie che lo guardava inebetita gli era capitato spesso di sentirsi insensato, ma non aveva mai saputo trattenersi dal godere della propria rabbia. Ora basta, pensava, e invece continuava. Perché? A cosa obbediva in quei momenti? Anche quel giorno ormai lontanissimo, dopo lo schiaffo del babbo, era andata più o meno nello stesso modo. Dopo un'ultima carezza suo padre se n'era andato, e lui si era sentito perduto. Aveva pensato che sarebbe rimasto per sempre con la faccia tra il muro e il materasso, che non sarebbe mai più riuscito a sorridere... ma si sbagliava. Come aveva fatto a uscire da quel buco nero? Non se lo ricordava minimamente. Ma dopo dieci minuti era già sdraiato in terra a giocare con le macchinine, facendo il rumore del motore con la bocca. Alle cinque sua mamma si era affacciata come sempre alla porta per chiedergli cosa voleva per merenda, e lui...

«Biglietti, prego.» Il controllore aveva un'espressione indifferente, e oscillava sulle gambe senza reggersi a niente. Mario e il giapponese di fronte a lui tirarono fuori i biglietti, che vennero osservati e forati con un gesto annoiato. Il controllore passò oltre, e Mario si voltò di nuovo a guardare fuori dal finestrino. Vide un piccolo borgo appoggiato sopra la cima di una collina. Non conosceva niente dell'Italia, non aveva mai viaggiato. Avrebbe voluto saltare giù dal treno per andare a camminare nelle stradine di quel paese per lui senza nome. Quanto mancava a Roma? Lesse sul biglietto: *arrivo 10.30*. Ancora cinquanta minuti.

Appoggiò di nuovo la testa al vetro e chiuse gli occhi... Questa volta si trovò in una stanza piena di fumo, con un biliardo nel mezzo e alcune sedie impilate in un angolo. Aveva già quattordici anni, ma sembrava ancora un bambino. Quasi tutti i pomeriggi andava nel retro di quel bar vicino a casa a veder giocare a biliardo. Niente finestre, solo una vetrina dipinta di grigio, protetta da una saracinesca sempre chiusa che dava in un vicolo. C'erano più o meno sempre le stesse persone. Due giocavano e gli altri stavano intorno a fumare e a commentare. Volavano bestemmie artistiche, e si accendevano sigarette una dietro l'altra. Nessuno aveva mai rivolto la parola a quel ragazzino silenzioso che osservava le partite. Era come se lui non ci fosse.

Quel pomeriggio stavano giocando due tipi che Mario aveva già visto diverse volte. Un *vecchio* di cinquant'anni con le dita gialle di nicotina, e un trentenne pelato con gli occhi furbi che portava sempre un giubbotto di pelle che dava sull'arancione. Dal posacenere del giocatore che studiava il colpo saliva una striscia di fumo che si perdeva nella nebbia della stanza. Mario fumava di nascosto ormai da un anno, e nel retro di quel bar si sentiva al sicuro.

La partita finì. Il più giovane aveva perso, e il vecchio gli chiese i soldi. Dodicimila lire. Il giovane si frugò nelle tasche per un bel po'.

«Porca troia, mi sa che te li devo dare domani.»

«Non ho capito bene» disse l'altro, con la mano a coppa sull'orecchio e un sorriso strano. Gli altri andarono borbottando ad appoggiarsi con la schiena al muro. Non volevano entrarci, in quella storia.

«Dicevo che non ho i soldi qui con me, però domani...»

«Domani un cazzo, me li dai ora.»

«Che problema c'è se te li porto domani?» Il pelato lanciava occhiate agli altri cercando approvazione, ma nessuno fiatava.

«Non hai sentito cosa ho detto? Li voglio ora.» Il vecchio aveva una faccia che non prometteva nulla di buono.

«Cazzo, te li porto domattina presto... Ci vediamo qui alle dieci e ti giuro...»

«HO DETTO CHE LI VOGLIO ORA!» Fece un passo in avanti.

«NON CE L'HO, CAZZO!» Facendo un passo indietro.

«SE NON HAI SOLDI IN TASCA NON GIOCARE, PEZZO DI MERDA!» Gli occhi fuori dalle orbite.

«FANCULO! TE LI PORTO DOMANI, CAZZO!»

«SE NON AVEVI SOLDI DOVEVI DIRLO, STRONZO!»

«CREDEVO DI AVERLI!»

«NON DIRE PUTTANATE, COGLIONE!»

«COGLIONE SARAI TE!»

«TI AMMAZZO, FIGLIO DI TROIA!» Il vecchio non ce la fece più e gli mollò un pugno in faccia. L'altro scosse la testa, un po' stordito, poi si lanciò in avanti. Cominciò una scazzottata confusa, e dopo qualche secondo gli altri si buttarono nel mezzo per cercare di dividerli. Le bestemmie riempivano la stanza più del fumo. Si alzò in aria una sedia e si sentì il rumore di una giacca che si strappava. Mario stava in un angolo e guardava la scena atterrito, incapace di muoversi. Quando il trentenne pelato cadde a terra gemendo di dolore, scappò via senza guardarsi indietro. Fece la strada di corsa, e appena s'infilò in casa si sentì avvolgere da un caldo senso di sicurezza. L'odore della cena, la mamma che canticchiava in cucina... Tra poco sarebbe arrivato il babbo e avrebbero mangiato tutti insieme davanti al televisore acceso... La sua camera, il suo letto, i suoi vecchi giochi che ormai non usava più, ma che non riusciva ancora a chiudere in un armadio. Le cose familiari, confortanti, le cose di sempre... Protezione, riparo... Non era stato questo che aveva sempre cercato, anche dopo, quando era cresciuto? La vita tranquilla, casa e lavoro, lontano dalle brutture del mondo. I giorni che si ripetevano uguali, uno dopo l'altro, fino ad avvolgerlo in una spessa coperta di benessere senza sorprese...

Aveva aperto gli occhi già da un minuto. Seguiva con lo sguardo le macchine che correvano lungo una strada larga e dritta, parallela alla ferrovia. Qua e là, i soliti enormi cartelloni pubblicitari con donne quasi completamente nude. Donne bellissime. Perché non poteva averla anche lui, una donna così? Chi è che se le prendeva, quelle dee?

Chiuse di nuovo gli occhi. Anche la sera prima era uscito, più per stizza che per altro. Se n'era andato in giro da solo. Come mai Simona e Francesco sbalordivano dalla meraviglia, quando lui diceva che dopo cena sarebbe uscito? Perché non rientrava nelle sue abitudini? Perché *non era da lui*?

Aveva vagato in macchina per i viali della città e della periferia, agitato per l'imminente viaggio a Roma, girandosi di continuo a guardare le prostitute e i travestiti che zampettavano sui tacchi.

Verso mezzanotte si era fermato a bere una birra, in un

locale pieno di gioventù rumorosa e di ragazze con la pancia nuda. Le occhiate irriverenti di quei giovani lo avevano messo a disagio, ma aveva cercato di non darlo a vedere, soprattutto a se stesso. Ogni tanto a un tavolino scoppiava un coro di risate, e lui aveva sempre paura che si divertissero alle sue spalle.

Non ci aveva messo molto a individuare la ragazza più bella. Accidenti se era bella. Le aveva piantato gli occhi addosso... Aveva sognato, si era lasciato andare... Ma lei non si era girata dalla sua parte nemmeno una volta.

«Si informano i signori viaggiatori che tra pochi minuti...» Aprì gli occhi e, mordendosi le labbra, tentò di dominare un'emozione intensa che lo faceva quasi piangere. Dal finestrino si vedevano altri binari, e il treno avanzava piano piano.

Chiese un'altra grappa, seduto al banco sopra uno sgabello. Prima di riempirgli il bicchiere il barista fece volare in aria la bottiglia e la riprese al volo. Anche da quelle cose si vedeva che Roma era una grande città. Il locale era mezzo vuoto, con le luci basse. Al banco c'era soltanto lui. Una musica strana copriva come un velo il mormorio della gente seduta ai tavolini.

Era tutto solo in quella città gigantesca, gli sembrava quasi impossibile. Sua moglie era lontanissima, faceva parte di un'altra vita. Quando alzava gli occhi si vedeva riflesso nello specchio dietro le bottiglie. Con quella luce aveva gli occhi infossati e la faccia bianca come quella di un morto.

Aveva passato la giornata camminando per la città, stordito dalla meraviglia. A Roma ogni cosa era immensa, e per strada si sentivano parlare tutte le lingue della terra. Per la prima volta gli era sembrato di essere completamente inosservato... Non come a Firenze, dove nessuno ti risparmiava un'occhiata di sbieco.

C'erano moltissime donne. Donne di ogni genere, per tutti i gusti. A forza di girarsi a guardarle gli era venuto il torcicollo, ma aveva sognato più in quelle ore che nel resto della sua vita. Gli occhi gli cadevano di continuo su un bel culo, su un seno che ballava, o su due gambe che mandavano in pappa il cervello. Ma le emozioni più intense le provava quando vedeva un bellissimo viso, uno sguardo intenso, o due occhi luminosi. Quante belle donne c'erano al mondo, porcaccia miseria.

In certi momenti sua moglie era venuta a bussargli sulla spalla, e lui aveva accelerato il passo stringendo i denti. Diverse volte aveva addirittura seguito una donna a distanza, sussultando quando per un attimo la perdeva tra la gente. Non aveva pedinato sempre lo stesso tipo di bellezza. Alcune avevano un viso dolce, altre lo sguardo irraggiungibile da principessa, altre ancora avevano dei lineamenti così provocanti che gli davano la scossa. E l'ultima era sempre la più bella.

Quella continua caccia lo aveva spossato, ma gli aveva lasciato dentro anche una specie di vibrazione elettrica. Gli sembrava di essere tornato ragazzino, quando i pensieri erano dominati dalla curiosità e da una compiaciuta incoscienza.

Aveva fatto anche un'interminabile passeggiata sul lungo Tevere, respirando i gas di scarico, e gli si era irritata un po' la gola. Prima di cena si era fermato in un vicolo deserto per telefonare a Simona e a Francesco, fingendo di essere a Firenze. Non aveva detto la verità per non sentire lo stupore nelle voci dei suoi figli... *A Roma? Stai scherzando?*

Aveva mangiato in una trattoria di Trastevere spendendo un'enormità. Mentre pagava con la carta di credito si era sentito un signore, e aveva lasciato una mancia da capogiro. Adesso era stanco, ma non voleva andare subito a letto. La pensione non era male. La sua finestra dava su un grande cortile dove c'erano anche degli alberi. Si sentivano i rumori delle altre stanze, ma il letto era comodo.

Dopo un'intera giornata vissuta senza obbedire alle solite abitudini era un po' spaesato, e in fin dei conti era una sensazione piacevole. Ma non poteva dire di essere sereno. Sua moglie era morta, seppellita in un passato che adesso somigliava a un grande vuoto. Lui era a Roma, beveva grappa seduto su uno sgabello e ascoltava musica, guardando la sua faccia riflessa tra le bottiglie. Anche solo una settimana prima non ci avrebbe potuto credere.

Peccato che nei locali pubblici non si potesse più fumare. Erano appena le undici, non aveva proprio voglia di tornare alla pensione. Vuotò il bicchiere e pensò se non fosse il caso di berne un altro. Dove poteva andare? Magari a Campo de' Fiori a mangiare un gelato, o in uno di quei posti dove si balla fino a tardi. Mentre rifletteva, una ragazza bionda si avvicinò al banco e si sedette due sgabelli più in là, lasciandone uno vuoto tra loro. Ordinò un caffè corretto. Venticinque anni, più o meno. Bella. I capelli biondi e lisci le arrivavano appena alle spalle. Mario pensò a sua figlia Simona, la mise a confronto con quella ragazza e avvertì una puntura di dolore. La bionda aveva dei pantaloni strettissimi e un giubbotto minuscolo di pelle rossa. Scarpe nere con il tacco a punta, un po' consumate. Una piccola borsetta nera le pendeva dalla spalla. Guardava dritta davanti a sé, con una sigaretta spenta in bocca. Sembrava triste. Aveva un profilo bellissimo, orecchie piccole e perfette. Mario si voltava ogni secondo a guardarla, ne sentiva il bisogno. A un tratto anche lei si voltò e si fissarono negli occhi. Lui riuscì a reggere lo sguardo, stupito di se stesso.

«Tutto solo?» disse la ragazza.

«Come dice, scusi?» Era come se all'improvviso si fosse aperta una voragine. Quella bella ragazza gli stava parlando, s'interessava a lui. Si rese conto di essere un po' ubriaco.

«Le chiedevo se era qui tutto solo, o se invece...» Non finì la frase, e nell'aria rimase un'allusione che costrinse Mario a ripensare ai trentasette anni di matrimonio, a rivedere sua moglie distesa sul letto con le labbra indurite.

«Sì, sono solo... E lei?» Quella domanda gli era uscita di bocca in modo naturale. Quasi non si riconosceva.

«Non è romano, vero?» disse la ragazza, sbirciando la fede nuziale di Mario.

«No» fece lui, arrossendo e nascondendo la mano. Arrivò il caffè della bionda.

«Toscano?»

«Firenze.»

«L'avevo capito dall'accento.»

«Lei di dov'è?» Aveva appoggiato un gomito sul banco e stava tutto storto. Stava parlando con una ragazza bionda, bella come quelle dei calendari appesi dai meccanici. La vedeva come attraverso un velo, per via della grappa.

«Non sono di nessun posto» disse lei, e accennò un sorriso che lasciò intravedere per un istante dei piccoli denti luccicanti. Quando sorrideva era ancora più bella, la donna più dolce della terra.

«Come si chiama?» Era l'unica domanda che gli era venuta in mente.

«Varinia.» Mise una punta di zucchero nella tazzina.

«È un bellissimo nome...»

«A me non piace.»

«Perché?»

«Non c'è sempre un perché.» Anche lui aveva detto la stessa cosa a sua moglie, quando si era tagliato i baffi.

«Ha ragione, le ho fatto una domanda stupida.» Ogni tanto lanciava un'occhiata qua e là per vedere se anche gli altri uomini guardavano la bionda, ma nessuno la degnava di uno sguardo.

«E lei come si chiama?» chiese la ragazza.

«Mario.»

«Venga più vicino...»

«Come?»

«Si sieda qui, così parliamo meglio.» Lui rimase un attimo come paralizzato, poi scese dallo sgabello e si spostò su quello accanto. Sentì nel naso un forte odore di giovinezza, e anche di... Non avrebbe saputo dirlo con precisione, ma era un profumo che faceva pensare alle pinete inondate di sole. Il giubbottino rosso invece emanava un odore selvaggio. La ragazza bevve un piccolo sorso di caffè, e rimase con la tazzina sospesa in aria.

«È a Roma per lavoro?»

«Un viaggio di piacere...» L'ultima parola lo fece arrossire, e si mise a giocare con le bustine di zucchero.

«Si ferma per molto?»

«Ancora non so.» In effetti non ci aveva pensato, non voleva programmare nulla. La ragazza finì il caffè in un sorso.

«Mi accompagna a casa?»

«Come?» Era smarrito.

«Abito qua vicino.» Aprì la borsetta per pagare.

«Lasci, faccio io» disse con foga. Sfilò il portafogli facendo volare via un fazzoletto spiegazzato, che si chinò a raccogliere con uno scricchiolio di ossa.

«Grazie...» mormorò lei, divertita.

«Quant'è? Anche quello della signorina.»

«Ventuno e novanta» fece il barista, con un sorrisetto.

«Tenga il resto.» Seguendo la ragazza verso la porta si sforzò di non guardarle il sedere, ma gli sfuggì lo stesso un'occhiata... a dire il vero piuttosto rispettosa.

Appena uscirono dal bar Mario offrì il fuoco alla ragazza, e accese una sigaretta anche per sé. Si avviarono lungo la strada, uno accanto all'altra.

«Forse domani piove» disse la ragazza.

«Sembrerebbe di sì...» Faceva caldo. Il cielo era coperto di nuvole compatte, l'umidità rendeva l'aria opprimente. Nelle viuzze di Trastevere c'era un sacco di gente, e molti erano stranieri. Mario era fiero di avere accanto una bellissima bionda, e cercava di cogliere nello sguardo degli altri uomini un lampo di invidia. Si sforzava di camminare diritto, ma ogni tanto sbandava e urtava appena la spalla della ragazza. Per lui erano quasi dei baci. A ogni passo le sue scarpe facevano un leggero cigolio, e sperava che lei non se ne accorgesse.

In fondo alla strada la ragazza cominciò a dargli del tu, e lui fece lo stesso. Aveva sempre pensato di avere grandi problemi di timidezza con le donne, e invece...

Stava parlando tranquillamente con una ragazza bella come il sole e non provava alcun imbarazzo. Si sentiva solo un po' agitato. Le frasi che si scambiavano erano banali, ma per lui non contavano nulla. L'energia che lo incalzava rimaneva nascosta dietro le parole. Avvertiva dentro il petto l'esaltazione degli ubriachi, e ne era felice. La sua vita passata era una specie di boscaglia oscura e confusa dalla quale gli sembrava di essere appena uscito. Se avesse dovuto scegliere una sola parola per descrivere come si sentiva, avrebbe detto: leggerezza. Ma forse nemmeno quella era la parola giusta.

Attraversarono il Tevere e voltarono in una stradina poco illuminata, dove non passava nessuno.

«Abito qui...» La ragazza si fermò davanti a un piccolo portone verniciato di verde. Mario cercava di nascondere la sua angoscia. Era ovvio che prima o poi sarebbe arrivato il momento di separarsi da lei...

«Buonanotte» farfugliò, con un sorriso imbronciato. Non era più disinvolto come prima, anzi era incredibilmente impacciato.

«Non sali?» disse lei, un po' stupita.

«Ma io... non so se...» Quell'invito era l'ultima cosa che si sarebbe aspettato, e non riusciva a rispondere. Lei lo invitava a entrare nella sua casa, nella sua intimità, anche se si conoscevano da pochi minuti. Era bastato salire sopra un treno, entrare in un bar...

La ragazza gli si avvicinò con un sorriso, e lui rimase senza fiato aspettandosi due bacini sulle guance. Aveva paura di quel contatto, del desiderio che poteva esplodergli dentro... e invece dopo i bacini sarebbe rimasto solo. Doveva assolutamente trovare il coraggio di chiederle se domani... Lei abbassò una mano, e fissandolo negli occhi gliela appoggiò sulla patta. Cominciò a farla scivolare lentamente su e giù, stringendo ogni tanto le dita per saggiare la consistenza dell'erezione. Mario era impietrito, a parte quella cosa pulsante che gli gonfiava nelle mutande fino a fargli male. Era eccitato, eccitatissimo, ma la delusione e la rabbia... Una puttana, una stramaledetta puttana... Come aveva fatto a non capirlo subito? Era stato annebbiato dalla speranza che una ragazza giovane e bella...

«Allora che fai?» Continuava a guardarlo negli occhi e a toccarlo, su e giù, su e giù, senza fretta.

«Io...»

«Cento per scopare e cento per ogni cosetta in più.» Lo disse con la voce più normale del mondo, continuando a lavorare con la mano. Mario fece un passo all'indietro per liberarsi dal potere micidiale di quelle dita, mentre un'onda ghiaccia gli saliva su dai piedi.

«Che ti prende?» disse lei, con un sorriso volgare. Mario non parlava, non aveva più nulla da dire. Un sacco di chiacchiere solo per arrivare a quello, cento per scopare e cento per... Quella puttana se ne fregava di lui. Se in quel maledetto bar avesse trovato un altro babbeo... Chiunque poteva andarle bene, purché pagasse.

«Sali o no?» insisté la ragazza, con un sorrisetto che lui trovò orribile. Non gli sembrava più così bella, anzi aveva una faccia insignificante, gli occhi falsi e ottusi. Continuava a fissarla, senza sapere che il vento gli aveva drizzato i capelli sulla testa in modo buffo. Avrebbe voluto andarsene via, e stringendo i denti immaginava la scena: lui che si voltava, e senza una parola se ne andava con le mani in tasca... Ma non ci riusciva. Era come incollato all'asfalto.

«Allora? Guarda che so fare dei pompini...» Sembrava che si divertisse a scandalizzarlo. Mario sentiva ronzare le orecchie, forse non avrebbe dovuto bere così tanto. Stavano immobili uno di fronte all'altra. Quanto doveva durare ancora quella storia? Era incapace di muoversi, come se si trovasse nel mezzo di un terremoto. Perché non aveva la forza di andare via? O magari poteva farlo lei. Passarono due ragazzi a piedi, dettero un'occhiata alla scena e se ne andarono trattenendo il riso. A un tratto Mario si sentì ridicolo... Un vecchio grassone che sperava di aver suscitato chissà quali desideri in una ragazza che aveva quindici anni meno di sua figlia.

«Vuoi scopare o no?» Cominciava a essere stufa. Mario sentiva un formicolio nelle mani. Perché quella stupida puttana aveva voluto sciupare tutto? Non gli sembrava mica giusto... Ma quando mai nel mondo le cose andavano nel verso giusto? Era stato giusto lavorare negli uffici di quella fabbrica per quarantatré anni? E sposarsi con Gisella? Cominciarono a cadere le prime gocce di pioggia, grosse e rade. Una lo colpì sulla testa, e si sentì umiliato.

«Continua pure a farti le seghe» disse la ragazza alzando le spalle, e invece di salire in casa se ne andò canticchiando lungo la stradina con quel maledetto culo che ondeggiava. Sfilò un ombrellino rosso dalla borsetta e se lo aprì sulla testa. Di sicuro andava in qualche bar a cercarsi un altro cliente.

Mario s'incamminò dalla parte opposta con i pugni nelle tasche. Si sentiva brutto, un mostro. Da quelle stesse strade era passato poco prima, emozionato come un bambino.

Riattraversò il Tevere. La pioggia continuava a cadere, appena un po' più fitta. Aveva i capelli fradici, ma se avesse avuto un ombrello non lo avrebbe aperto. La lunga fila di macchine che scorreva sul viale lo faceva sentire ancora più solo. Nessuno poteva essere più infelice di lui. Quella donnaccia lo aveva umiliato. Voleva reagire, e cercava di convincersi di non aver perso nulla... Era solo una puttana che andava in giro a raccattare clienti. Avrebbe dovuto immaginarlo subito, nel momento stesso in cui lei gli aveva rivolto la parola... Una donna che non valeva niente... Allora perché continuava a pensarci?

Per ritrovare la pensione fu costretto a chiedere indicazioni. Salì in camera, si tolse la giacca bagnata e si asciugò i capelli alla meglio. Accese una sigaretta e andò a fumarla con i gomiti sul davanzale, come quel lunedì a casa, mentre sua moglie dormiva.

A un tratto sentì con chiarezza uno straniero che parlava a voce alta, probabilmente al telefono, ma non riusciva a capire da dove provenisse quella voce. Doveva essere un inglese. Dal tono gli sembrava che stesse litigando, ma non ci avrebbe giurato.

Cominciò a piovere più forte. Il rumore della pioggia che cadeva nel cortile copriva quello del traffico sul lungo Tevere. Sul tetto del palazzo di fronte c'era una terrazza, con grandi piante in vasi di cemento. Dietro uno spesso strato di nuvole s'intuiva appena la luna. L'inglese continuava a parlare a voce alta, la pioggia continuava a cadere sempre più violenta, le piante sulla terrazza di fronte ondeggiavano al vento... e all'improvviso lui scoppiò in singhiozzi. Finalmente.

«Lella... Lella... Lella...» Piangeva a dirotto, come la pioggia, facendo dei suoni di gola di cui si vergognava, mentre l'inglese continuava a parlare con quel tono arrabbiato.

Cominciò a muovere le mani nel vuoto, come se la membrana che lo aveva tenuto avvolto per tutta la vita si fosse rotta all'improvviso. Nello stesso momento sentiva sua moglie che si allontanava, che svaniva nel nulla. Non ce l'aveva con lei, non era quello... Piangendo più forte si tolse la fede, la strinse nel palmo della mano. Per un attimo fu tentato di lasciarla cadere nel vuoto buio del cortile, ma non ci riuscì.

A mezzanotte la bionda non si era ancora vista. Da un quarto d'ora gli si era seduto accanto un tipo magro con i capelli radi tirati all'indietro e gli occhi sporgenti. Avrà avuto quarant'anni, e parlava a ruota libera soffiandogli in faccia un fiato dolciastro. Mario ordinò la quinta grappa. Non seguiva i discorsi dello sconosciuto, ma ogni tanto gli arrivava all'orecchio una parola: *Parigi*.

Aveva piovuto tutta la notte e tutto il giorno, ma alle nove il cielo era cambiato, diventando vuoto e nero. A volerle cercare, si potevano scorgere solo le stelle più grandi.

La giornata l'aveva passata andando in giro per musei, mezzo stordito, fermandosi a lungo davanti ai dipinti più strani per cercare di capire la loro bellezza. Era stato anche a San Pietro, ma non aveva provato le emozioni che si aspettava. Era tutto troppo grande e troppo distante. Preferiva le piccole cose a portata di mano.

La mattina si era svegliato vestito sul letto. L'esasperazione e l'angoscia della sera prima erano quasi del tutto svanite, ma facendosi la barba aveva cercato di guardarsi nello specchio il meno possibile. In una sola sera aveva vissuto più emozioni che in trentasette anni di matrimonio. Doveva cercare di non pensarci. Si era ricordato dell'anello nuziale e aveva deciso di lasciarlo dove lo aveva messo, dentro al portafogli.

Appena uscito dalla pensione aveva avvertito un senso

di smarrimento. Aveva passato la vita a camminare lungo una strada con le righe bianche ai lati, e adesso era in mezzo al deserto. Era per questo che per tutto il giorno non aveva fatto altro che pensare alla prostituta bionda?

Lanciava continue occhiate nello specchio per controllare la porta d'ingresso del bar, sperando di vederla arrivare. Scambiava ogni ombra per lei e si mordeva le labbra. Aveva bevuto diversi bicchierini, ma non si sentiva per niente ubriaco.

Il tipo con gli occhi sporgenti continuava a parlare, giocherellando con il bicchiere vuoto. Non doveva essere romano, aveva una parlata sporca, con accenti diversi. Aveva bevuto almeno sette amari e ogni volta il barista aveva voluto essere pagato subito, dandogli del tu.

«Non esiste città al mondo bella come Parigi, io lo so perché ci sono stato. Ci sono certe donne... Una volta beccai una negra che lavorava in un locale di Pigalle... Sai cos'è Pigalle?»

«No.»

«Allora non sai un cazzo della vita. Pigalle è un quartiere pieno di locali dove puoi trovare di tutto. Non parlo delle puttane, quelle te le ritrovi anche nei calzini. Ci sono dei posti dove puoi vedere una donna che si tocca le tette e la passera, spettacoli dove puoi guardare due che scopano. Per non parlare delle droghe... E se ti va d'infilarti in un'orgia non hai che da scegliere. Non importa se sei bello o brutto. Di notte Pigalle è piena di gente che vuole divertirsi, e ti assicuro che per non riuscirci devi tirarti una martellata sulle palle, non so se mi spiego. Ci lasci un sacco di soldi, questo è vero, ma ne vale la pena... Ti dicevo di quella negra... aveva un culo da infarto... Non è che hai una sigaretta? Le ho finite.»

«Qua dentro non si può fumare.»

«Dammela lo stesso. Vado un attimo fuori, devo passare da un amico.» Mario gli dette volentieri la sigaretta, contento che se ne andasse. Il tipo gli strizzò l'occhio.

«Ti ritrovo?» disse, con la faccia sudata.

«Non lo so.»

«Dai, non te ne andare. Voglio raccontarti ancora di Parigi...» Si avviò all'uscita barcollando, e sparì nella strada. Mario rimase un tempo infinito a guardare la porta riflessa dietro le bottiglie, sempre più scoraggiato. Vuotò il bicchierino di grappa e lo sbatté quasi sul banco. La bionda non sarebbe arrivata, e forse era meglio così. Non sarebbe stato capace di affrontarla, se ne rendeva conto solo adesso. Lei di sicuro lo avrebbe preso in giro, magari davanti a tutti... No, era meglio andarsene. Non avrebbe mai rimesso piede in quel bar.

«Quanto spendo?»

«Trentotto.»

«Tenga il resto.» Pagò e fece un cenno di saluto al barista. Uscendo urtò contro il tipo di prima.

«Ehi, dove vai?» Lo prese addirittura per un braccio.

«A dormire.»

«Così presto? Dai, vieni con me... ti faccio assaggiare una cosa.»

«Cosa?»

«Te lo dico dopo, vedrai che ti piace.»

«Droga?»

«Ssst, parla piano. Non dirmi che non ti sei mai fatto una canna.»

«No.»

«Ommadonna. Quando ero a Parigi...» Si era incamminato, e Mario gli era andato dietro. Non ne aveva nessuna voglia, era solo un'occasione come un'altra per non tornare subito alla pensione. Non avrebbe preso nessuna droga. Forse voleva solo dimostrare a se stesso di essere libero. Poteva fare quello che gli pareva. Poteva anche andare in giro con uno sconosciuto che si drogava. Chissà cosa avrebbero pensato i suoi colleghi o il dottor Biagiotti, vedendolo a spasso con un tipo del genere. E i suoi figli? Le sue nipotine? Gli venne da sorridere, ma non gli si piegarono nemmeno le labbra. Bruciava di curiosità, ecco come stavano le cose. Stava seguendo quel tipo solo per curiosità. Per vedere come si sarebbe sentito, cosa sarebbe successo. Comunque sia un poveraccio del genere non poteva essere pericoloso. Era più basso di lui, con le spalle strette, e si reggeva l'anima con i denti. Non riusciva a immaginarlo nella lontana Parigi a divertirsi con le donne.

«Ora andiamo in un posto tranquillo.» Parlava tra i denti come i criminali dei film. Sul lungo Tevere scesero delle scalette e arrivarono sull'argine di cemento. Camminarono per un po' e si sedettero sopra un pietrone addossato alla muraglia, in una zona dove la luce arrivava a stento. Sopra le loro teste si sentivano passare le macchine.

«Qui non ci vede nessuno.» S'infilò una mano nelle mutande e tirò fuori una stagnola appallottolata.

«Dammi una sigaretta.» Mario gliela passò, e il tipo si mise a trafficare nell'oscurità. Poco dopo nelle sue mani apparve una grossa sigaretta un po' svasata, che leccò con una lingua magra e appuntita.

«Accendila.» Gliela avvicinò alle labbra. Mario era impietrito. Sapeva già che l'avrebbe accesa. Perché no? La decisione era solo sua. Non aveva mai fumato droga, non sapeva nemmeno com'era fatta. Non gli era mai importato nulla di quella roba, per lui erano faccende più lontane della luna. Quando sul giornale c'era un articolo che parlava di un morto per droga, non lo leggeva nemmeno. Adesso la droga era davanti ai suoi occhi, di notte, sul lungo Tevere... Mentre i suoi figli lo credevano a letto con l'angoscia, a rigirarsi nei ricordi. Simona e Francesco pensavano che senza la mamma lui sarebbe diventato un vecchio piagnone capace soltanto di dare seccature. Perché non avrebbe dovuto fumare droga? In quel momento si trovava in un mondo a parte, lontano da quello dove aveva sempre vissuto. Un mondo dove lui non era il ragionier Mario Rossi, vedovo e pensionato... Era solo un uomo accanto a un altro uomo. Nessuna convenzione, nessun ruolo da rispettare, nessun comportamento dettato dalla ricerca di equilibri o dalla convenienza. Solo un uomo accanto a un altro uomo. Lo sconosciuto poteva essere un miliardario, un attore famoso, o magari anche il presidente della repubblica... e lui si sarebbe sentito nello stesso identico modo. Ne era più che convinto, ed era proprio questa la cosa più bella. Di certo non gli sarebbe piaciuto restare per sempre in quel mondo, ma entrarci per un momento era piacevole come bere acqua fresca quando si ha molta sete...

Prese la sigaretta dalla mano dello sconosciuto e se la infilò tra le labbra, vincendo lo schifo di quella lingua che l'aveva leccata. Il tipo gli accese la fiamma davanti al viso, sorridendo di soddisfazione.

«Fai un bel tiro e tieni il fumo dentro più che puoi.»

«Cos'è di preciso?» Non l'aveva ancora accesa.

«Erba.»

«Erba?»

«Maria... Marijuana... Gangia... Chiamala come cazzo ti pare.» Parlava a sussurri.

«Che effetto fa?»

«Eddai, fuma...»

«Dimmi che effetto fa, sennò non fumo» disse Mario, con un tono amichevole.

«È divertente, ti senti leggero e non te ne frega più un cazzo di nulla.» Gli rimise la fiamma davanti. Mario accese e aspirò.

«Mi brucia la gola» disse, con la voce rauca.

«Non è nulla, poi ti passa.»

«Sa un po' di... rosmarino...» Fece ancora qualche tiro, aspirando forte e tossendo. Il tipo gliela prese di mano e appoggiò la schiena al muro, fumando con aria da esperto. Se la passarono ancora un paio di volte, poi la gettarono via.

«Non sento nulla» borbottò Mario... e mentre gli uscivano quelle parole si rese conto di aver detto una bugia. Non sapeva di preciso cosa gli stesse succedendo. Era come se intorno a lui tutto avesse un'altra consistenza, un altro significato, e nella sua mente si rincorrevano lontani ricordi. Non stava male, anzi aveva quasi voglia di ridere, per niente in particolare.

«Guarda com'è bello il Tevere» disse il tipo. L'acqua limacciosa scorreva lenta. Dopo averla osservata attentamente per almeno due minuti, Mario scoppiò a ridere.

«Che cazzo hai da ridere?» fece il tipo, e anche lui scoppiò a ridere. Si guardavano negli occhi e ridevano sempre di più, senza motivo. Andarono avanti per chissà quanto tempo, piegati in due con le lacrime agli occhi. Quando riuscirono a riprendersi avevano il fiatone.

«Ommadonna... tra un po' muoio...» disse il tipo. Lentamente si calmarono, e rimasero in silenzio a godersi quella pace. Sul lungo Tevere passò un'ambulanza, e in lontananza se ne sentiva un'altra. Dopo un minuto rimase solo il brusio del traffico. Il tipo si alzò, andò qualche passo più in là a pisciare contro il muro e tornò indietro annusandosi le dita. Si rimise a sedere sulla pietra.

«La mamma...» sussurrò.

«Che dici?»

«È la cosa più importante del mondo... Tu ce l'hai una mamma?»

«Ce l'avevo.»

«Morta?» Accennò in aria una croce.

«Direi di sì.»

«Beato te...»

«Eh?»

«... che hai avuto una mamma.»

«Te no?»

«Chi l'ha mai vista.»

«Non riesco a immaginarmelo» borbottò Mario.

«Cosa?»

«Non avere la mamma... non riesco a immaginarlo...»

«Be', fai conto che...» Si fermò.

«Che?»

«A Parigi conoscevo uno che ne aveva due, di mamme.»

«Com'è possibile?» fece Mario.

«Non ci credi?»

«Quando ero bambino... una sera... mia mamma non venne a darmi il bacio della buonanotte.»

«Di solito lo faceva?»

«Sempre.»

«Se ne sarà dimenticata...»

«Macché, era arrabbiata con me per qualcosa.»

«Per cosa?»

«Non mi ricordo.»

«E poi?» Il tipo era molto curioso, e a Mario faceva piacere essere ascoltato.

«Morsi il lenzuolo fino a che non ci venne un buco.»

«Tutto qui?» disse il tipo, un po' deluso.

«Ti pare poco?»

«Be'...»

«E io ti dico che non è poco per niente, dammi retta.»

«Ce l'hai una sigaretta?»

«Certo...» Mario sfilò una sigaretta dal pacchetto e gliela passò, attento a non toccargli le dita.

«Grazie, sei un amico.»

«Che lavoro fai?» chiese Mario.

«È difficile da spiegare.»

«Provaci.» Ne accese una anche per sé.

«Non so... Che ti posso dire... Vado in giro, vedo persone... Sono un libero professionista... E te invece?»

«Io? Lavoro per una grossa società americana.»

«E cosa fai?»

«Cose molto importanti.»

«Sì, ma cosa?»

«Non ho molta voglia di parlarne.»

«Perché?»

«Be', fino a tre giorni fa lavoravo per una fabbrica di imballaggi... Amministrazione.»

«Quei merdoni di americani ti hanno sbattuto fuori?»

«No, ho deciso io di andare in pensione.»

«Da tre giorni?»

«Eh, sì.»

«E ora che farai?»

«Posso fare un sacco di cose.»

«Dimmene una.»

«Non so... Posso viaggiare... Posso andare in barca... Posso imparare a ballare...»

«Tutto qui?»

«Certo che no.»

«E allora cosa?»

«Posso rapinare una banca, posso sparare a un ministro... Posso incendiare la macchina del macellaio di via Gioberti...» Al momento non gli veniva di meglio. Il tipo rimase in silenzio, fissando il vuoto con l'aria di chi è occupato in grandi riflessioni. Poi scosse il capo.

«Noo...»

«No cosa?»

«Non ti ci vedo a dare fuoco a una macchina.»

«Mi basterebbe pisciargli dentro il serbatoio.» Scoppiò a ridere da solo. Era bello parlare liberamente davanti a quella massa d'acqua che scorreva lenta.

«Io una volta a Parigi l'ho fatto, a una macchina della polizia» fece il tipo.

«Che cosa?»

«Una bella pisciata nel serbatoio...»

«Mi piacerebbe anche dare un bel calcio nel culo al re d'Italia.»

«E perché?»

«Per farmi due risate.»

«Non è un buon motivo.»

«Dici?»

«L'ho appena detto.»

«Peccato...»

«Ti va di assaggiare un'altra cosa?» Nel buio brillò uno specchietto. Una bustina di stagnola, un coltellino, delle pietruzze bianche. Tic tic tic tic tic... Due striscioline candide allineate sullo specchietto. Dieci euro arrotolati.

«Metti questo nel naso e tira su... Solo una, eh.»

«Che roba è?»

«Coca.»

«Che effetto fa?»

«La prendono i ricchi per comandare meglio» disse il tipo, come se fosse una cosa bella e giusta.

Mario era sereno. Non voleva starci troppo a pensare. Intorno a lui c'erano tutti... Sua moglie, i suoi figli, i suoi parenti, il padrone della fabbrica, i suoi colleghi, i negozianti del suo quartiere, gli impiegati della banca dove aveva il conto, il giornalaio di via Cimabue... Lo guardavano con il fiato sospeso, aspettando di vedere cosa avrebbe fatto. Mario prese lo specchietto, s'infilò nel naso i dieci euro arrotolati e tirò su la polverina in un colpo solo. Sentì bruciare il naso, e in gola gli scese una goccia amara. La folla di fantasmi riuniti intorno a lui ondeggiò scandalizzata... *Non me lo sarei mai aspettato... Ci avrei messo la mano sul fuoco... Dev'essere impazzito... Non è da lui, non è da lui...* Mario li guardava negli occhi uno per uno, e dentro di sé sorrideva.

Il tipo tirò la sua striscia e rimise tutto in tasca. Cominciò a fare dei versi con il naso, grattandosi come se avesse le pulci.

«Peccato che non ho un po' di roba.»

«Che roba?»

«Eroina. Insieme alla coca è una meraviglia. Non si può spiegare, si deve provare. C'è chi se la fa in vena. Dico con una spada, una siringa. Ma io non ci vado d'accordo con quei cosi che bucano. In collegio c'era una suora che per punizione ci faceva una puntura di acqua distillata. Aveva le mani grandi come badili e la forza di un toro... Quella troia, spero che sia morta. In collegio ci sono stato fino a sedici anni, poi sono scappato. La prima canna me la sono fatta a dieci anni nelle cantine del collegio, mentre le suore dormivano. Avevamo anche nascosto dei giornalini porno in soffitta, e ci andavamo a turno. Ce lo strappavamo dalle seghe, roba da calli alle mani. Ho dei bellissimi ricordi del collegio. Ma i giorni più belli della mia vita li ho vissuti... indovina dove?»

«Parigi...»

«Eh, sì... Quella grande e puttana città mi manca da morire... Tu ci andavi spesso in America?»

«Non c'entra nulla l'America.»

«Mi sembrava che avessi detto...»

«Anche tu non fai che raccontare di Parigi.»

«E allora?»

«Non ci sei mai stato, a Parigi.»

«Certo che ci sono stato, ci ho vissuto tre anni... Je parl fransé... Mon amur, la tur eiffel, vulevù cuscé avec muà...»

«Non ci sei mai stato.» Si voltò a guardarlo. Gli voleva quasi bene, a quel poveraccio, anche se in fondo gli faceva pena. In confronto a lui si sentiva un uomo fortunato.

«Ci sono stato, cazzo... Giuro su Dio... Cinque anni... E mi sono fatto un sacco di donne.»

«Non erano tre anni, poco fa?» disse Mario, sorridendo. Non aveva nulla a che spartire con un disgraziato del genere. Non ci sarebbe certo andato a cena fuori... Ma nonostante tutto gli sembrava che tra lui e quel mezzo matto ci fosse un qualche misterioso legame.

«Tre, cinque... Che differenza fa?» Il tipo parlava con calma, le gambe allungate sul cemento.

«Nessuna differenza.»

«Appunto...»

«Come ti chiami?» chiese Mario.

«E tu?»

«Edoardo» mentì. Aveva sempre desiderato chiamarsi Edoardo. Poteva dire tutto quello che voleva. Poteva inventarsi a piacere un nome e un passato, perfino credendoci, come se il ricordo e l'immaginazione avessero la stessa consistenza.

«Qualche anno fa conoscevo un altro Edoardo, che poi è morto cadendo giù da un ponte con il motorino» disse il tipo. Mario guardava il fiume, e aveva l'impressione che poco prima scorresse al contrario.

«Non mi hai ancora detto come ti chiami...» mormorò, con una voce serena che non si aspettava.

«Lo vuoi proprio sapere?»

«Che c'è di male?»

«Sei pronto?»

«In che senso?»

«Giovanni... Luca... Claudio... Franco... Roberto... Lorenzo... Tommaso... Benito e Mustafà.»

«E qual è quello vero?»

«Be', se devo essere sincero...» Non andò avanti, perché si erano sentiti chiaramente dei passi frettolosi che scendevano giù per la scala di pietra. Pochi istanti dopo nell'oscurità apparvero due sagome umane, che avanzarono con calma verso di loro. Uno dei due aveva in mano un bastone, o forse era una mazza da baseball.

«Che succede?» bisbigliò Mario.

«Stai calmo» gli sussurrò il tipo, stringendogli forte un braccio. Mario era terrorizzato. Non riusciva quasi a muoversi. I due si fermarono a una decina di metri. Erano giovani, con i capelli cortissimi e le spalle larghe.

«Ciao, Parigi» disse quello con il bastone.

«Li conosci?» bisbigliò Mario, senza muovere le labbra.

«Stai tranquillo, sistemo tutto io.» Si alzò in piedi, e senza nessuna fretta andò incontro alle due ombre.

«Sono contento di vedervi...» Gli tremava un po' la voce.

«Quattrocento euro» disse quello senza bastone.

«Non erano trecento?» Si fermò a un paio di metri dai due colossi.

«Ieri trecento, oggi quattrocento» fece l'altro, dandosi dei leggeri colpetti con la mazza sul palmo della mano.

«In questo modo si fa presto a diventare ricchi...» disse Mustafà, per scherzare.

«I soldi...»

«Che fretta c'è?»

Mario non perdeva una sola parola di quella assurda conversazione. Stava immobile, cercava di non respirare, quasi illudendosi di diventare invisibile. Avrebbe dato tutta la sua liquidazione per non trovarsi lì in quel momento... Sentiva che stava per succedere qualcosa di brutto.

«Ce l'hai i soldi o no?»

«Non qui. Mi è successo un casino e... Comunque dite al boss che può dormire tra due cuscini. Cascasse il mondo domani glieli porto, lo giuro su Dio... Può stare tranquillo, io non giuro mai su Dio se non...»

«Basta con le cazzate.» Quello senza bastone.

«Hai ancora dieci secondi.» Quello con il bastone.

«Vi ho appena detto che non li ho qui con me, ma non è un problema. Il boss lo sa che non faccio cazzate. Domani gli porto i soldi e anche una bella bottiglia di vino per festeggiare... Eh, che ne dite?»

«Testa di cazzo.» Quello senza bastone.

Mustafà alzò appena la testa, e rimase in silenzio. Un silenzio che a Mario sembrava non finire mai. Fissava la sagoma immobile di Mustafà. In confronto a quei due sembrava un bambino. E ora cosa sarebbe successo? Si sentiva come tanti anni prima davanti a quel gattino. Cosa doveva fare? Stare a guardare il grosso cane mentre con un morso uccideva il gattino?

A un tratto Mustafà si animò, alzò in aria una mano minacciosa.

«Testa di cazzo lo dici a quella succhiauccelli di tua madre» urlò. I due rimasero immobili. Perché li provocava in quel modo?

«Mi avete rotto i coglioni, andate a prendervelo nel culo... Avete capito cosa ho detto? Non ne posso più delle vostre facce di merda, stronzi rottinculo voi e le vostre mamme troie. Non vi darò mai quei soldi, se volete comprare dei cazzi di marmo per le vostre mammine andate a fottervi nella vostra sborra...»

Quello con il bastone fece un passo in avanti, e Mustafà alzò i pugni contro il cielo.

«Cazzo, come sto bene... Sono un uomo libero... Mustafà è un uomo liberooooo...»

La mazza da baseball volteggiò in aria e si abbatté sulla sua testa con un tonfo sordo. Mario sobbalzò, ma riuscì a non gridare. Mustafà oscillò per qualche istante, e cadde come un vestito vuoto con la faccia sul cemento. Scalciò un paio di volte, senza un lamento, poi non si mosse più. Mario non aveva il coraggio di muoversi, gli tremavano le ginocchia. Il rumore della bastonata gli era rimasto nelle orecchie. Cosa doveva fare? Scappare? Correre a perdifiato? Aveva sessantadue anni, e quei due bestioni erano dei ragazzi. Non poteva fare niente, solo aspettare e sperare di sopravvivere.

I due rivoltarono il corpo di Mustafà e si misero a frugare nei suoi vestiti, mettendosi in tasca tutto quello che trovavano. E poi? Cosa avrebbero fatto? Lo capì subito dopo. La mazza si alzò ancora in aria e si abbatté con forza sul viso di quel disgraziato. Mario si schiacciò i pugni sugli occhi e strinse i denti fino a farli cigolare. Sentì il rumore di altri colpi, e altri ancora, non finivano più... Poi all'improvviso tornò il silenzio. Spiò da dietro le dita, con il mento che gli ballava. I due avevano preso il tipo per i piedi e lo stavano trascinando verso il Tevere. Mario non sentiva più i battiti del cuore. Era appena in pensione, non voleva morire come Mustafà. Quattrocento euro. Ce li aveva nel portafogli, quattrocento euro. Forse anche cinquecento. Per la ragazza bionda del bar... Se solo avesse immaginato... Forse avrebbe potuto... Ma non gliene avevano dato il tempo...

I due alzarono in piedi il corpo di Mustafà, e con uno spintone lo buttarono nel fiume. E adesso? Si voltarono verso di lui. Mario si sentì gelare la testa. Pregò Dio di salvarlo... Fece un voto: mai più in quel bar!

Mentre quello con il bastone s'incamminava verso di lui, l'altro si accese una sigaretta. Mario vedeva avanzare una sagoma scura e massiccia, senza collo, con la testa un po' inclinata da un lato. Intrecciò le dita e chiese aiuto anche alla Madonna: mai più in quel bar! Mai più! Mai più! Il bestione si fermò a qualche metro di distanza, ma con quel buio Mario non riusciva a vederlo in faccia.

«Se dici una sola parola a qualcuno ammazzo te e tutta la tua famiglia, anche i bambini.»

«Non ho... visto nulla...»

«Bravo. Prima di muoverti conta fino a mille, ci siamo capiti?» Aveva una voce quasi bella, notò Mario.

«Sto qui... Conto fino a mille...»

«Dopo vai pure a cambiarti le mutande.» Non lo disse come una battuta, e non rise. Tornò con calma verso il suo amico, evitando di camminare sopra il sangue. Finalmente i due si allontanarono, senza fretta. Mario li sentì salire le scale, e appena tornò il silenzio si lasciò andare contro il muro con i muscoli afflosciati. Non aveva nemmeno la forza di piangere. Si passava le mani sulla faccia, mugolando. Guardò l'orologio. Le tre e dodici. Fece un rapido conto. Mille secondi diviso sessanta... Poco più di sedici minuti. Uno era già passato. Davanti a lui c'era solo quella massa d'acqua che scorreva indifferente. Alle tre e ventisette poteva andarsene. Ce l'aveva fatta. Si era salvato. Poco a poco si sentì invadere da un'umiliazione insopportabile. Era vivo, ma bruciava di vergogna. Lui per salvarsi si sarebbe messo in ginocchio, avrebbe anche strisciato per terra... Mustafà invece no, aveva deciso di reagire. Mustafà non era morto per quei miseri quattrocento euro. Si era fatto ammazzare per qualcosa di molto più grande. Forse con quel gesto aveva riscattato un'intera vita. E lui invece? Cos'aveva fatto, lui?

Tremava. Aveva freddo, ma era bagnato di sudore. Ancora una volta era rimasto a guardare senza fare nulla, e il grosso cane aveva ucciso il gattino. Sentiva ancora nelle orecchie la voce di quel poveraccio... *Parigi... je parle fransé... andate a prendervelo nel culo tutti insieme... ce l'hai una sigaretta?* Ne accese una. La fumò in fretta, la gettò via con rabbia e ne accese un'altra. Il tempo non passava mai.

Alle tre e venticinque si alzò in piedi, e dopo qualche

secondo di indecisione si avvicinò al punto dove era stato ucciso Mustafà. Sul cemento era rimasta una pozza scura. Si mise a fissarla con orrore. La serata che aveva appena vissuto gli sembrava un sogno, invece era tutto vero. Era stato il destino a volerlo. Lui aveva incontrato Mustafà proprio quella notte, solo perché qualcuno assistesse alla sua ribellione e alla sua morte...

Tre e ventisei. Camminò fino alle scalette, guardandosi in giro di continuo. Salì i gradini a testa bassa. Arrivò in cima con il fiato grosso, per il terrore di ritrovarsi davanti i due assassini. Spiò il viale. Era tardissimo, e passavano poche macchine. Sui marciapiedi non c'era nessuno. Attraversò in fretta il viale e s'infilò nei vicoli di Trastevere, voltandosi indietro ogni secondo.

Finalmente arrivò alla pensione. Il portone era chiuso. Suonò il campanello diverse volte, e dopo un paio di minuti apparve il portiere con le cispe agli occhi.

«Stavo dormendo...»

«Mi scusi il disturbo, ho avuto un problema» mentì Mario, imbarazzato. Dal suo sguardo o dal suo modo di fare si poteva capire che si era drogato? Il portiere rantolò qualcosa, sfregandosi una mano sulla faccia. Mario gli passò accanto continuando a scusarsi e salì in fretta le scale.

Dopo aver chiuso bene la porta della sua stanza andò a guardarsi allo specchio. Un mostro. Un vecchio imbecille. Un vigliacco. Si sciacquò la faccia con l'acqua fredda. Si strappò i vestiti di dosso e si sdraiò sul letto, in mutande. Dalla camera accanto arrivavano i gemiti di una donna, mischiati a parole incomprensibili. Sopra la sua testa qualcuno tirò l'acqua del cesso. Passi nel corridoio. Risate. Si sentiva tutto.

Per la prima volta si mise a osservare la camera con una

certa attenzione. Le tende a fiori, la carta da parati giallastra, il lampadario di plastica... Gli sembrava di non essersi mai mosso da lì. Non aveva mai vissuto quella serata, non aveva mai conosciuto Mustafà. Nessuna droga. Nessuna mazza da baseball. Doveva cancellare tutto.

La seguì su per una scala ripida con i muri pieni di scritte, fino all'ultimo piano, annusando la scia del suo profumo.

«Entra» disse la bionda, aprendo la porta di casa. L'ingresso era vuoto, con il pavimento scuro. Mario tratteneva il respiro. Perché era tornato in quel bar? Aveva fatto un voto, aveva giurato che... Avrebbe potuto scegliere un altro locale, trovare un'altra puttana. Magari più bella, con i capelli neri come piacevano a lui. Invece aveva pensato a lei per tutto il giorno. La sera si era ritrovato sul solito sgabello, smaniando dal desiderio di rivederla e sperando che non arrivasse.

Entrarono in una stanza arredata in modo confuso ma piacevole. Mobiletti colorati ingombri di oggetti, un grande tappeto orientale, un lungo divano logoro foderato di tela marrone, un televisore acceso con il volume abbassato. Da un angolo, una lampada appoggiata sopra un tavolino spandeva la sua luce sbiadita.

«I televisori spenti mi fanno tristezza» disse lei, aprendo una vetrinetta con le tendine.

«Anche a me» sussurrò Mario.

«Whisky o rum?»

«Quello che bevi tu.»

«Mettiti comodo.» La ragazza riempì due bicchieri di whisky e andò a sedersi accanto a lui sul divano, lasciandosi andare contro lo schienale. Accesero una sigaretta.

Alla tv c'era una partita di calcio. Mario stava seduto sul bordo, con le braccia appoggiate sulle ginocchia. Si sentiva a disagio, ma sapeva bene che non se ne sarebbe andato. Ripensò a quel pomeriggio. Anche se non ne aveva nessuna voglia, dopo pranzo aveva telefonato ai figli. Lo aveva fatto solo per convincersi di essere padrone della propria vita. Simona e Francesco erano molto preoccupati, non riuscivano a trovarlo e il suo cellulare era sempre spento. Simona era anche passata da casa sua diverse volte, e si era quasi decisa ad avvertire la polizia. Mario aveva cercato di tranquillizzarli. Non dovevano preoccuparsi per lui, voleva soltanto stare un po' tranquillo a pensare alla sua vita... Porcaccia miseria, non potevano lasciarlo in pace?

«Sei sposato, vero?» La domanda della ragazza lo fece sobbalzare.

«Io? Sì... Cioè, ora non più.»

«Divorziato?»

«Sì...» Gli era sembrato troppo triste dire la verità. Un povero vedovo, avrebbe pensato lei.

«Era bella tua moglie?»

«Bellissima.» Sentì una fitta di vergogna. Mentiva come Mustafà... Gli apparve davanti agli occhi la mazza da baseball che scendeva sulla testa di quel poveraccio. Aveva visto il telegiornale nella trattoria dove aveva cenato. Il cadavere non era ancora stato trovato. Per tutto il giorno aveva pensato di andare alla polizia, ma cosa avrebbe potuto dire? Non aveva visto in faccia i due assassini... E poi cosa ne sapeva lui di Mustafà? Solo che raccontava di aver vissuto a Parigi, che si drogava e che non aveva conosciuto sua madre... E cosa ci faceva il ragionier Mario Rossi alle tre di notte insieme a un tipo del genere? Un pensionato di Firenze, vedovo, padre di due figli e con due nipotine. Si era drogato anche lui? Glielo avrebbero chiesto di sicuro...

Si ritrovò sul petto una mano della ragazza, e la notte passata lungo il Tevere sparì dalla sua mente. Ora c'era quel bellissimo viso avvolto di capelli biondi. Lei lo spinse leggermente per farlo sdraiare. Si alzò in piedi, si tolse la camicetta e la gettò sopra la lampada. In quella penombra si tolse anche la gonna. Mario era senza fiato. Un'erezione dolorosa gli gonfiava nei pantaloni.

«Prima i soldi» disse lei, con un mezzo sorriso.

«Sì...» Sentiva il cuore battergli in tutto il corpo. Era così eccitato che non riusciva a pensare. Tirò fuori il portafogli e sfilò due biglietti da cento.

«Allora vuoi una cosa speciale...» disse la ragazza, sorridendo. Andò a mettere i soldi in un cassetto e tornò indietro fermandosi i capelli con un elastico.

«Lascia fare a me.» Si chinò su di lui e gli tolse i vestiti uno a uno, come fanno le mamme con i bambini assonnati. Ecco, erano nudi. Lei giovane e bellissima. Lui vecchio, grasso, e aveva anche paura di puzzare. Ma i duecento euro cancellavano ogni distanza. La ragazza s'inginocchiò accanto al divano.

«Adesso te lo mangio» sussurrò. Lo prese in bocca, e Mario sentì un'onda di calore in tutto il corpo. Era la prima volta che una donna... Quasi spaventato guardava l'ombra di quella testa bionda che oscillava tra le sue gambe. Fino a mezz'ora prima era solo come un cane a bere grappa in un bar, e adesso...

A un tratto immaginò che sua moglie fosse lì a guardarlo, vide addirittura il suo sguardo, le sue gambe rigate di vene bluastre, i suoi capelli sfibrati lunghi come quelli di una ragazzina... Si sentiva tristissimo, ma il piacere era sempre più intenso. La bionda aveva la bocca caldissima, e la sua lingua non si fermava un momento. Mario chiuse gli occhi e lasciò andare il capo all'indietro. Dalla gola gli uscivano dei sospiri rauchi e qualche fischio affannoso di cui si vergognava. Avrebbe preferito il silenzio assoluto, e magari dimenticarsi di essere in quella stanza. Ma il piacere aumentava, aumentava, era già vicino all'orgasmo... A un tratto lei alzò la testa.

«Ti piace, eh?» Camminò a quattro zampe fino a un mobiletto, aprì un cassetto e ci pescò dentro. Tornò indietro e nelle sue mani apparve un preservativo. Glielo infilò senza troppi complimenti, poi gli salì addosso.

«Trombami...»

«Sì.» Gli sembrava di aver aspettato quel momento per tutta la vita. Un attimo dopo lei se lo infilò dentro e cominciò a muoversi come un'onda, incitandolo con frasi da bambina cattiva. Mario le mise le mani sul seno, grande e sodo... Sentiva le tempie roventi... Bastarono pochi secondi... Gemendo spruzzò dentro di lei tutto il veleno che gli gonfiava dentro... Il veleno di tutta la sua vita... Tutta la sua vita...

L'onda si calmò, poco a poco, e qualche istante dopo il temporale era già finito. Appena lasciò andare indietro la testa, la ragazza si alzò in piedi e accese una sigaretta. Si versò da bere, e andò ad accovacciarsi in fondo al divano. Mario la sbirciava di nascosto. Aveva ancora l'affanno, gli sembrava di pesare una tonnellata. Ripensando ai suoi lamenti si sentiva ridicolo. Si vergognava anche di essere nudo, ma cercava di non pensarci. Si tolse il preservativo, e con aria colpevole guardò la ragazza per capire cosa doveva farne.

«Fagli un nodo e buttalo sul tappeto.» Gli lanciò un pacchetto di fazzolettini. Mario eseguì l'operazione, imbarazzato come un ragazzino sorpreso a fare sconcezze. Si asciugò in fretta la pancia pelosa, mentre la bionda lo osservava con indifferenza. Raccolse le mutande e i pantaloni e si vestì in silenzio, senza fiatare. La ragazza era ancora nuda, con una gamba piegata sotto il sedere e la mercanzia in bella vista. Nella penombra le sue spalle sembravano d'oro. Mario si sforzò di sorridere.

«Posso farti una domanda?»

«Una sola.»

«Perché fai... Sì, insomma...»

«La puttana?»

«Sì.»

«Per fare contenti quelli come te» disse lei, con un sorriso freddo.

«Sei bella... potresti sposarti e...»

«Mi stai chiedendo di sposarti?» Sorrideva, lo prendeva in giro.

«No... Dicevo solo per...» Arrossì e spostò lo sguardo sul tappeto.

«È ora di andare a nanna» fece lei, schiacciando la cicca nel posacenere. Si alzò in piedi, bella come una sirena. S'infilò soltanto le scarpe e si avviò verso l'uscita. Mario le andò dietro, ammirando quel corpo giovane e bello che si muoveva nell'ombra. Pochi minuti prima quella donna era stata sua. La porta si aprì, Mario uscì sul pianerottolo e si voltò verso di lei.

«Buonanotte...»

«Ciao» disse la bionda, e prima che lui potesse aggiungere qualcosa lo chiuse fuori.

Si avviò giù per le scale, a passo lento. Al piano di sotto

sentì dietro una porta un uomo e una donna che litigavano in modo furibondo, ma poi si accorse che era la televisione. Uscì in strada e alzò gli occhi. La finestra dell'ultimo piano era illuminata. Solo pochi minuti fa, lui era lassù.

«Ti amo...» sussurrò.

Quante volte era tornato in quella casa? Quanto aveva già speso? Da quando era a Roma non aveva letto una sola riga dei libri che aveva messo in valigia.

Stava camminando sul lungo Tevere, non lontano dall'argine di cemento dove quella notte... Non ci voleva pensare. Attraversò la strada e imboccò un viale alberato. Era una bella giornata di sole, si poteva stare in camicia... Ma non pensarci era impossibile. Il cadavere di Mustafà lo avevano ritrovato tre giorni dopo l'omicidio, molto più a valle. Aveva il viso sfigurato e nelle sue tasche non era stato trovato nessun documento. Non sapevano chi fosse, e nemmeno dove fosse stato ucciso. L'autopsia aveva rilevato forti tracce di droga e di alcol. Dai vestiti che aveva addosso la magistratura ipotizzava che fosse un poveraccio... Com'è che avevano detto? *Indigente*. Alla tv un commissario di polizia aveva detto che era certamente un regolamento di conti della bassa malavita. Per l'opinione pubblica non era una faccenda interessante, e dopo un paio di giorni la notizia era sparita anche dai giornali.

Lui era l'unico a sapere com'erano andate le cose. Sapeva che faccia aveva Mustafà, e sapeva come e dove era stato ammazzato. Aveva assistito alla sua ribellione, aveva sentito il suo grido di libertà e il suono del bastone che si abbatteva sul suo cranio... Ma non sarebbe mai andato alla polizia. Perché avrebbe dovuto andarci? Mustafà si era messo nei guai con brutta gente. Lui non aveva nessuna colpa, si era trovato lì per caso, stava solo facendo due chiacchiere con uno sconosciuto...

Si trovò davanti una vecchia zingara con gli occhi lacrimosi che si offriva di leggergli la mano, e scappò via con il cuore che gli batteva nelle tempie. Non voleva sapere nulla del futuro, nemmeno per scherzo.

Sopra l'insegna di una farmacia c'era un orologio luminoso, con i numeri rossi. Diciotto e quarantadue. Incamminandosi verso Trastevere si rese conto di aver già fissato alcune abitudini. Anzi, la sua giornata era più o meno sempre la stessa. La mattina andava in giro per la città, a visitare chiese e musei senza alcun piacere. All'ora di pranzo s'infilava in una trattoria a caso, il pomeriggio lo passava a girellare per il centro senza meta, e a volte si lasciava andare su una panchina per leggere il giornale. Prima di cena si sedeva un'oretta in un bar vicino alla pensione, a bere birra e a fare disegnini sopra i tovaglioli di carta. Cenava senza fretta alla trattoria Dal Moro, dove ormai lo salutavano come un amico. Un bel caffè, due passi per fumare una sigaretta, e finalmente arrivava il momento che aveva aspettato per tutta la giornata. Il bar, il suo sgabello, il bicchierino fra le dita... Ad aspettare lei sbirciando la porta nello specchio dietro le bottiglie. Dopo un'attesa che gli sembrava lunghissima la vedeva arrivare. Era vestita in modo sempre diverso, tranne le scarpe e il giubbottino rosso. Ogni volta l'imbarazzo dei primi momenti si scioglieva dopo qualche minuto e un po' di alcol...

Qualche giorno prima aveva deciso di rivelare ai suoi figli di essere a Roma. Non ne poteva più di nascondersi, era libero di fare quello che gli pareva e voleva che si sapesse. Come si aspettava, Simona e Francesco si erano stupiti come se avesse confessato di aver comprato una Ferrari. *Che ci fai a Roma? Quando torni? Perché non hai detto nulla?*

Arrivò al solito bar con il fiatone e si lasciò andare sopra una sedia. Ordinò una birra, e come sempre si mise a fare degli scarabocchi sui tovagliolini. Figure strane, mostruose. Disegnava per cercare di non pensare a niente.

Cenò al Moro, allo stesso tavolo di ogni sera. S'ingozzò come un porco, ma lentamente, per far passare il tempo. Finì una bottiglia di vino. Dopo il caffè scambiò due chiacchiere con il padrone della trattoria, mentendo come Mustafà. Si divertiva a inventarsi un passato tutto diverso, un passato avventuroso. Inventava e sognava. Come Mustafà.

Poco prima delle undici era già seduto sul *suo* sgabello, e il barista gli servì una grappa senza che lui avesse aperto bocca. Gli aveva riempito il bicchierino fino all'orlo, in segno di amicizia. Mario lo ringraziò con un cenno, quasi commosso. Mandò giù un sorso e si mise a fissare il vano della porta riflesso tra le bottiglie. Non doveva fare altro che aspettare, come ogni sera. Si mordicchiava l'interno delle guance, impaziente di ritrovarsi sdraiato sul quel divano...

La bionda arrivò poco dopo mezzanotte, bella più che mai. Pantaloncini di jeans con gli strappi e il solito giubbotto di pelle rossa. Chissà con quanti uomini era già stata quel giorno, e chissà cosa ci aveva fatto. Quante mani le avevano afferrato il seno, nelle ultime ore? E in tutta la sua vita? Lo pensava ogni sera, scosso da brividi di sofferenza. Una bella ragazza come lei, così dolce, con quel sorriso... Gli sembrava una cosa tristissima, squallida. Ma se lei non si fosse prostituita, lui non avrebbe mai... Questo era ancora più triste.

Mezz'ora dopo erano già a casa della ragazza. Mario le offrì quattro banconote da cinquanta, lei si spogliò e dopo un lavoro di bocca gli salì addosso, come tutte le altre volte. Quanti uomini aveva cavalcato su quel divano sporco? E quanti ancora ne avrebbe cavalcati? Non sarebbe mai stata completamente sua, poteva averla solo con i soldi. Si attaccò al suo seno e chiuse gli occhi, non voleva vederla, non voleva pensare... Mentre si avviava a gran velocità verso la fine della galoppata, gli apparve nella mente un'immagine che lo spaventò: la bionda distesa faccia al cielo sul cemento di un cortile, in una posa scomposta, morta strangolata, completamente nuda, e una vecchietta che all'alba apriva la finestra e guardava giù...

«Che ti succede?» disse la ragazza, fermandosi.

«Nulla...» Non aprì nemmeno gli occhi.

«Dai che ce la fai.» Ricominciò a muoversi, e dopo nemmeno un minuto finì tutto con un grande calore e un rantolo. Come sempre lei si alzò e accese una sigaretta. Mario aspettò di riprendere fiato, si mise seduto e si rivestì in fretta. Frugò nella tasca della giacca, tirò fuori altri cento euro e li appoggiò sul divano. La ragazza sorrise.

«Cos'è che vuoi, adesso?»

«Nulla. È un regalo per te.»

«Grazie.»

«Posso avere un bicchier d'acqua, per favore?»

All'una uscì dal portone e s'incamminò sul marciapiede. Alzò gli occhi per vedere la finestra illuminata. Si sentiva esausto e malinconico, ma anche leggero, come se il peso della sua vita passata gli fosse ormai scivolato via dalle spalle. Tutto ciò che non conosceva lo attirava fino alla vertigine, e in fin dei conti cos'è che conosceva? Niente.

Sopra il tettino di una macchina vide un gatto enorme,

con un orecchio spezzato. Aveva lottato ferocemente per conquistare le gatte del quartiere. Ognuno aveva la sua guerra. E lui, quanto era disposto a lottare per avere ciò che desiderava? Si avvicinò per accarezzare il gatto, ma la belva abbassò le orecchie e alzò in aria una zampa, pronto a graffiare. Mario si offese come se avesse ricevuto uno schiaffo in piena faccia, e se ne andò borbottando. Come mai quel gatto non aveva capito le sue intenzioni?

Alla pensione non doveva più suonare il campanello, il portiere gli aveva dato le chiavi. Salì in camera e andò a fumare una sigaretta affacciato alla finestra. Nella stanza accanto si sentivano le risate di una donna, o forse erano addirittura due.

Non voleva preoccuparsi del futuro, non aveva in testa nessun programma, nessun progetto. Per il momento gli bastava pensare allo sgabello che lo aspettava ogni sera, alle scale buie della bionda, al divano che sapeva di sudore. Non riusciva a vedere la fine di quella storia. Per quanto tempo ancora poteva permettersi una donna così? Quanti soldi avrebbe speso soltanto per... A un tratto gli sembrò come di svegliarsi. Che stava facendo? Perché non tornava a casa? Sua moglie era morta da pochissimo tempo, e invece di andare a trovarla al cimitero...

Buttò la cicca nel cortile e la seguì con lo sguardo. Quella piccola cosa insignificante che precipitava nel buio gli sembrò di una tristezza infinita.

Nemmeno quel disgraziato di Mustafà era morto da solo. Lella invece se n'era andata in silenzio, mentre lui ascoltava Rossini. Morta senza nemmeno un cane che la guardasse negli occhi per l'ultima volta.

Lentamente nella sua memoria cominciarono a emergere ricordi sepolti dagli anni, alla rinfusa. Sentiva un sasso nella gola, e la mascella cominciò a ballargli... Era diventato un vecchio piagnone, porcaccia miseria. Corse in bagno e si sciacquò a lungo la faccia con l'acqua fredda. Non voleva piangere...

Si spogliò e s'infilò a letto. Spense subito la luce. Nella stanza accanto continuavano a ridere, e ogni tanto si sentiva un urletto. Il debole chiarore che filtrava dalla finestra aperta gli permetteva di scorgere appena i contorni delle cose, e gli sembrava che il lampadario oscillasse. Sentiva battere il cuore in tutto il corpo. Si concentrò su quella pulsazione, e pensò: *ora si ferma*. Sua moglie era morta all'improvviso. Poteva succedere a chiunque, in qualunque momento. Anche a lui, adesso. Nel naso gli arrivava l'odore acido del proprio sudore. Poteva morire in quel preciso momento, o tra qualche minuto, o magari il giorno dopo. Anche Mustafà era morto all'improvviso. Una bastonata e amen. E dopo? Il buio eterno. Di là non c'era nulla. Nulla di nulla, per l'eternità... Era terrorizzato, e sentì il bisogno di muoversi. L'immobilità lo faceva sentire già morto. Ma non voleva accendere la luce... E se il palazzo fosse crollato? Se avesse preso fuoco? Se un aereo fosse caduto sull'edificio? Si rannicchiò come un bambino, gli mancava il fiato dalla paura... Era tutta colpa della notte e della solitudine. E anche dell'alcol. Gli pulsavano forte le tempie. Doveva solo dormire qualche ora, e la mattina dopo si sarebbe svegliato più sereno. Esistevano davvero le persone felici? E dov'erano? Cosa facevano tutto il giorno?

Babbo sono a Roma per lavoro vorrei vederti ho provato a chiamarti ma sei sempre staccato quando leggi telefona ciao. Un messaggio di Francesco. Gli era arrivato appena aveva acceso il cellulare. Era stato inviato il pomeriggio del giorno prima, poco dopo le sei. Spense di nuovo il telefono. Perché non lo lasciavano in pace? Voleva soltanto starsene un po' da solo. La sua curiosità aveva bisogno di tempo.

S'insaponò il viso per farsi la barba. Del mondo sapeva soltanto quello che aveva visto in televisione, e per anni si era accontentato. Si era chiuso nel matrimonio lasciandosi avvolgere e proteggere dalle abitudini. Non aveva mai immaginato una vita diversa, non ne aveva sentito il bisogno... Quante volte se lo era già detto negli ultimi tempi? Gli tornò in mente quel lontanissimo lunedì, sul bus, le due ragazzine che lo avevano turbato. Chissà dov'erano in quel momento. Quasi certamente in classe davanti a un professore scialbo e noioso, e invece di seguire la lezione parlottavano sottovoce di ragazzi...

Uscì dalla pensione alle dieci, con il dopobarba che gli frizzava ancora sulla faccia. Fece colazione al solito bar, che a quell'ora era pieno di gente. Con la luce del sole i brutti pensieri della notte erano svaniti, lasciandogli dentro un profondo senso di vuoto.

Si mise a girovagare per le strade del centro, osservando la gente. Una bella ragazza mora rischiò di cadere dai tacchi, e passandogli accanto gli sorrise. Bastò quella piccola cosa a mitigare la sua tristezza. Seguì la ragazza con gli occhi, sognando che lei tornasse indietro e si mettesse a parlare con lui. Quando la vide sparire in una traversa si sentì più solo che mai.

Continuò a camminare a testa bassa. Ancora una volta gli venne in mente Mustafà, il suo sguardo acceso mentre raccontava le imprese parigine. Chissà dove lo avevano seppellito. Qual era il suo vero nome? Esisteva al mondo qualcuno a cui sarebbe mancato? Rivedeva spesso la mazza da baseball che si abbatteva sulla sua testa, e ogni volta si contraeva come per una scossa.

Senza avere una meta attraversò piazze famose, passò da strade affollate piene di negozi e da vicoli puzzolenti. In momenti del genere la sua nuova libertà gli sembrava quasi un peso da portare. Non sapeva cosa fare, non aveva voglia di niente in particolare. Gli sarebbe solo piaciuto che il tempo scorresse meno lentamente, per arrivare presto alla sera.

A mezzogiorno accese il cellulare e telefonò a Francesco.

«Babbo, ma dove sei?»

«Sto camminando.»

«Pranziamo insieme?»

Fissarono di vedersi all'una a Campo de' Fiori, e Mario ci andò subito. Aveva mezz'ora di anticipo. Si sedette al tavolino di un bar e ordinò una birra. Gli sembrava che il sole di Roma fosse più bello di quello fiorentino, ma non avrebbe saputo dire come mai. Un vento fresco sollevava gli angoli delle tovaglie di carta e agitava i capelli delle donne. Non si era ancora abituato a vederne così tante. Almeno una su cinque doveva seguirla con gli occhi. Chissà che viso aveva quella signora elegante quando era a letto con un uomo. E quella ragazza laggiù con il cagnolino? E la giapponese che sembrava una bambolina? A volte vedeva passare una vecchia e immaginava di baciarla, solo per gioco... Gli succedeva di fare lo stesso anche con certe ragazzine, e ogni tanto addirittura con un uomo. Non c'era un vero motivo. Forse era soltanto il piacere di accumulare segreti... *Nessuno lo saprà mai...*

Gli sembrava un secolo che non ascoltava le *Ouvertures* di Rossini, e si abbandonò con nostalgia al ricordo di suo padre che gli canticchiava le sinfonie nell'orecchio, tenendolo sulle ginocchia. Momenti magici che appartenevano alla mitologia dell'infanzia. Quando arrivava la carica del *Guglielmo Tell* il babbo cantava più forte e lo faceva ballare a ritmo di musica, e lui rideva, rideva, con i brividi sul collo... Poi era cresciuto, si era diplomato, aveva cominciato a lavorare e si era sposato. Aveva avuto due figli e adesso era un vedovo in pensione, e stava aspettando Francesco in Campo de' Fiori. S'immaginò la scena.

«Babbo, ma cosa ci fai a Roma?»

«A Firenze cosa ci faccio?»

«Non so... potresti... insomma sei strano...»

«Perché?»

«Come perché? La mamma è morta da pochi giorni e tu...»

Lasciò i soldi sul tavolo e se ne andò. Alle tredici e due minuti squillò il cellulare. Era Francesco.

«Babbo sono io, dove sei?»

«Non posso venire.»

«Come sarebbe?»

«Mi dispiace, non posso.»

«Babbo, che sta succedendo? Cosa ci fai a Roma?»

«E a casa cosa ci faccio?»
«Dai, babbo... non è bello...»
«Cosa?»
«Per rispetto alla mamma...»
«Non ti sento più...»
«Babbo, mi senti?»
«Pronto?»
«Io ti sento bene...»
«Ci sei? Pronto? Pronto?» Sentiva benissimo, ma non aveva più voglia di parlare. Riattaccò e spense il cellulare. Porcaccia miseria, c'era sempre qualcuno che sapeva meglio di te come dovevi vivere, quanto dovevi soffrire e in quali momenti... Come quella volta, quando era morta la nonna Rosa, la mamma di suo padre. Lui non aveva ancora tredici anni, e davanti alla bara aperta non aveva pianto. Sua madre gli aveva dato una gomitata. *Sei così insensibile*? No, non era insensibile. Era atterrito. Era la prima volta che si trovava davanti un cadavere. E non era certo un morto qualunque. Nonna Rosa l'aveva vista due giorni prima, vispa come una ragazzina. Ignara del suo destino... Come il gattino ucciso dal grosso cane, come Mustafà, come ogni essere vivente fino a un attimo prima di morire. Com'era possibile accettare di vivere con questa consapevolezza? Eppure ce la facevano tutti, inseguendo sogni che il più delle volte non avevano alcun senso. La Terra vagava nello spazio infinito come un granello di polvere portato dal vento. Se fosse esplosa, l'universo non se ne sarebbe nemmeno accorto...

Gli passò accanto una giovane donna con il viso provocante, e quelle labbra rosse gonfie di vita, quegli occhi che sprizzavano sesso rimisero ogni cosa al suo posto in un secondo. Si sentiva di nuovo immortale. Non vedeva l'ora che arrivasse la notte per sedersi sul suo sgabello con il bicchierino di grappa tra le dita, ad aspettare la bionda fissando lo specchio dietro le bottiglie...

Era quasi l'una, e la bionda non era ancora arrivata. Accanto a lui si erano sedute molte persone, avevano bevuto qualcosa e se n'erano andate. A un tavolino c'era un tipo odioso che parlava a voce alta e scoppiava a ridere per ogni coglionata. Entrava gente, si sentivano i saluti, si vedevano baci. Una donna accese una sigaretta e il barista ci mise un po' a fargliela spegnere... Ma lei non arrivava.

Alle due il bar chiuse. Mario uscì per ultimo, salutando il barista con un cenno. Accese una sigaretta e s'incamminò sul marciapiede. I suoi piedi andavano da soli, come le zampe di un cane che torna a casa dal padrone. Perché lei non era venuta? Quando imboccò la strada dove abitava la bionda aveva le caviglie gelate. Avvicinandosi al portone alzò gli occhi, e vide la finestra illuminata. Rimase a guardarla, fermo in mezzo alla strada. Si sentiva schiacciare dall'angoscia, ma se avesse visto la finestra buia sarebbe stato lo stesso. Avrebbe voluto essere lassù, sdraiato su quel divano sudicio. Vide un'ombra passare sui vetri, e gli mancò il fiato... Basta, era da imbecilli farsi marcire il fegato per una donna così. Il mondo era pieno di donne... Eppure non riusciva a staccare gli occhi da quella finestra.

A un tratto si avvicinò al portone e lo spinse. Era aperto. Dall'alto arrivava il suono soffocato di un televisore. Accese la luce e cominciò a salire lentamente le scale, con il cuore che batteva veloce. Ormai conosceva bene quel muro ricoperto di macchie scure e di scritte oscene. Continuava a dirsi che la cosa migliore era andarsene, ma non smetteva di salire i gradini. Aveva i brividi, come quando da bambino rubava i cioccolatini al bar sotto casa.

Passando accanto a una porta sentì una bimba che piangeva, e immaginò una scena desolante. Tutto il mondo gli sembrava triste.

Arrivò all'ultimo piano respirando a bocca aperta. Si avvicinò alla porta della ragazza, e accostò l'orecchio. Tratteneva il fiato per cercare di cogliere i rumori. Era quasi certo di avvertire nell'aria l'odore sgradevole del suo divano.

Dopo qualche minuto gli sembrò di sentire la voce di un uomo, poi dei passi che si avvicinavano... A un tratto la porta si spalancò e lui fece un salto all'indietro. Insieme alla bionda apparvero due quarantenni in giacca e cravatta.

«Che cazzo ci fai qui?» disse lei. Era a piedi nudi, e aveva addosso un accappatoio rosso mezzo aperto.

«Io...»

«Noi andiamo.» I due uomini si avviarono ridacchiando giù per le scale. Mario li seguì con lo sguardo, disgustato.

«Non mi piace essere spiata» disse la ragazza.

«Scusa...»

«Scusa un cazzo.» Stava per chiudere la porta.

«Aspetta...»

«Che c'è?»

«Ecco... Io...» Perché era così sgarbata? Non la riconosceva.

«Non ho tempo per le cazzate.»

«Io volevo... Devo dirti una cosa molto importante.» Gli era sfuggita quella frase.

«Quale cosa?» fece lei, scocciata.

«Posso entrare?»

«Sto andando a letto.»

«Solo un minuto...»

«Dimmela adesso.»

«Io... volevo...» Non aveva nulla da dire. Non riusciva a parlare. Si sentiva prigioniero di quel momento assurdo: lei giovane e bella, con l'accappatoio rosso un po' aperto sul seno, i piedi nudi, spettinata. Lui vecchio e grasso, pensionato, vedovo da pochi giorni. Poteva essere la scena di un film, gli sembrava addirittura di sentire la musica... violini impazziti che gli davano il capogiro.

«Vattene a dormire.» La bionda stava di nuovo per chiudere la porta.

«Sposami...» Non era vero, non lo pensava veramente. Voleva solo provare un'emozione estrema, voleva sentirsi esaltato e ridicolo. Sul viso della ragazza passò un barlume di compiacimento, che si trasformò subito in una smorfia di fastidio. In quel momento era quasi brutta.

«Non dire cazzate...»

«Sposami» disse di nuovo, stringendo i pugni. Aveva bisogno di arrivare fino in fondo.

«Sei ubriaco...»

«Sposami!»

«Se non te ne vai chiamo la polizia.» La porta si chiuse di colpo. Ecco, finalmente era tutto finito. Senza rendersene conto si ritrovò sul marciapiede, attaccato a una sigaretta. Camminava a passo svelto, senza una direzione. Un povero vecchio imbecille. Come aveva potuto immaginare che una donna del genere... Eppure era così, fino a un minuto prima aveva sperato che tra loro due ci fosse qualcosa di speciale, che quella puttana si fosse affezionata a lui, che lo avrebbe fatto entrare in casa per coccolarlo. Anche se in fondo sapeva bene come sarebbe andata, lo sapeva benissimo. Era più facile che un cammello passasse dalla... Si sentì blasfemo, e si fermò. Doveva calmarsi. Era solo una puttana, una mignotta... una zoccola... Non aveva pensato nemmeno per un istante di volerla sposare, ci mancherebbe altro... Ma dopo tutte le volte che erano stati insieme non si sarebbe mai aspettato da lei una freddezza simile. E poi dov'era andata a finire la sua bellezza? Di colpo era diventata brutta, bruttissima... Una femmina che si fa pagare per... Porcaccia miseria! Come cristo aveva fatto a innamorarsi di una donna così? Perché era inutile continuare a nascondersi dietro un dito... Si era innamorato di lei, di una puttana bionda di vent'anni. Non poteva farci niente. Doveva sopportare e chinare il capo...

Camminava, camminava... All'improvviso sentì un gran calore in tutto il corpo, e si commosse. Lui l'amava, l'amava con tutto se stesso. Solo questo contava. L'amava anche se lei, invece... Non aveva nessuna importanza. Si sentiva abbattuto, sfinito... ma era innamorato. Pensando a lei si sentiva vivo. Triste come non mai, ma vivo. Poteva dedicarle ogni pensiero, ogni piccola cosa che faceva. Poteva ricordare per tutta la vita i momenti passati su quel divano smollato, ritrovare nella memoria il suo seno, la sua bocca morbida e calda, i suoi occhi che luccicavano nell'oscurità... E lei non lo avrebbe mai saputo. Nessuno avrebbe mai saputo niente.

Continuando a marciare nella notte, a poco a poco si calmò. L'esaltazione di poco prima si era trasformata in una leggera amarezza. Le sere che aveva passato con la bionda gli sembravano lontanissime, quasi più lontane dei trentasette anni che aveva vissuto con Gisella. Un'epoca ormai passata. Doveva ricominciare tutto da capo un'altra volta. Ormai si stava quasi affezionando a quella sensazione di smarrimento. Del suo futuro non sapeva nulla, non immaginava nulla. Poteva succedere qualunque cosa. Magari il prossimo giovedì si sarebbe trovato in Africa, o in Brasile... o magari a Pechino. Era libero di spendere i suoi soldi come gli pareva. Come mai non provava più per i suoi figli quella tenerezza carica di mistero, come quando erano bambini? Simona e Francesco avevano la loro vita, tutta diversa da come lui l'aveva immaginata. Erano due persone più che normali, senza nessuna capacità particolare. Come i loro genitori, del resto. Anche se lui, adesso...

Senza sapere come, si ritrovò davanti alla pensione. Entrò e salì le scale. La sua camera non gli era mai sembrata così squallida. Il lume da notte di plastica rossa era di una bruttezza spaventosa. Andò in bagno a lavarsi i denti. Gli veniva da parlare da solo, ma riusciva a trattenersi. Si guardò allo specchio, e si vide quasi bello. Era solo contro il mondo. Libero e solo.

Accese una sigaretta, e come sempre andò a fumarla con i gomiti appoggiati al davanzale. Guardava il cielo nero, attraversato da brandelli di nuvole nervose. A un tratto sentì una tale nostalgia di casa che per poco non scoppiò a piangere. Si asciugò gli occhi con le dita, e capì che doveva tornare a Firenze.

«Seconda classe?» chiese l'impiegata di là dal vetro, fissandolo con uno sguardo preoccupato.

«Prima, grazie.»

«Vuole anche il ritorno?» Continuava a guardarlo in quel modo, e non aveva tutti i torti.

«Come dice?» Aveva passato la notte sveglio, ad agitarsi tra i lenzuoli. La mattina, guardandosi nello specchio, aveva trovato una faccia pallida, due occhi rossi e incavati. Non si era mai visto così vecchio.

«Anche il ritorno?»

«Solo andata, grazie.»

L'impiegata stampò il biglietto, e Mario infilò una banconota da cento sotto il vetro, con la mano un po' tremante. La donna si decise a fare la domanda che le stava appesa alle labbra da quando lo aveva visto.

«È sicuro di sentirsi bene?»

«Sono solo un po' stanco.» Accompagnò la frase con un sorriso che voleva essere tranquillizzante. L'impiegata esitò un istante, poi gli passò il biglietto e il resto osservandolo con pena. Mario accennò un saluto e si avviò verso i binari. Dopo qualche passo si voltò indietro. La donna lo stava ancora fissando, mentre una signora con due bambini chiedeva i biglietti con il naso attaccato al vetro. Cos'aveva da guardare? Non poteva farsi gli affari suoi? Che ne poteva sapere, lei, della notte che aveva passato?

Mancava quasi un'ora al suo treno. Si mise a vagare per la stazione trascinandosi dietro la valigia con le rotelle. Si sentiva confuso. Non riusciva ad afferrare un pensiero che avesse un senso.

Alla fine si sedette in un grande bar abbagliato dai neon e pieno di gente che si muoveva in fretta, moltiplicata dagli specchi. Aveva scelto un tavolino lontano dal banco, e fissava la tazzina di caffè per non vedere nient'altro. Il disordine che si agitava intorno a lui gli sembrava un'emanazione del suo stato d'animo. In quel momento il mondo intero gli appariva così complesso e caotico che il suo unico desiderio era di chiudersi presto nel suo buco ad ascoltare Rossini.

Bevve il caffè con gli occhi chiusi, scottandosi la lingua. Stava per andarsene da Roma con la coda tra le gambe. Appoggiò i gomiti sul tavolino e affondò la faccia nelle mani. Era talmente stordito che non aveva nemmeno voglia di piangere. Rimase così per un tempo infinito, cercando di non fare caso al vocio della gente e al tintinnio delle tazzine.

Si sentì toccare una spalla e sobbalzò. Davanti a lui c'erano due poliziotti, e per un attimo immaginò che volessero sapere da lui chi era stato a uccidere Mustafà...

«Si sente male?» chiese uno dei due poliziotti.

«No...»

«Sicuro?» fece l'altro. Alcune persone rallentavano il passo per guardare.

«Sì, sto bene.»

«Posso vedere i suoi documenti?»

«Perché?»

«Un normale controllo.»

«Certo.» Gli porse la carta d'identità con un leggero

tremito alla mano. Il poliziotto la prese, e quando lesse il nome gli scappò un sorriso. *Mario Rossi*. Paragonò la foto all'uomo che aveva davanti.

«Aveva i baffi.»

«Molto tempo fa...»

«Fiorentino?»

«Sì.»

«È a Roma per lavoro o in viaggio di piacere?»

«Viaggio di piacere.» Come gli suonavano strane, quelle parole.

«È solo?»

«Sì.»

«È arrivato o sta partendo?»

«Sto partendo.» Perché tutte quelle domande? Il poliziotto scambiò un'occhiata con il collega.

«Ha il biglietto?»

«Certo.»

«Posso vederlo?»

«Ecco...» Gli mostrò il biglietto. Prima classe.

«È sicuro di stare bene?»

«Sì.»

«A vederla sembra che...»

«Lo so. Stanotte non ho chiuso occhio.»

«Come mai?»

«Mal di denti.» Si sfiorò una guancia con le dita. Il poliziotto fece oscillare appena il capo, con aria comprensiva.

«Prego» disse, rendendogli i documenti. Finalmente i due poliziotti se ne andarono, parlottando tra loro e lanciando lunghe occhiate alle donne. Mario li seguì con lo sguardo, finché non li vide sparire tra la folla.

Si rese conto di avere il fiatone. Si voltò e si vide riflesso nella vetrata del bar. Aveva la faccia di un morto. Guardò l'ora. Il suo treno doveva essere già sul binario. Pagò e uscì in fretta da quell'orribile bar. Si trascinava dietro la valigia come se dentro ci fosse tutto il suo passato ammucchiato alla rinfusa. Un passato di cui non poteva liberarsi. Sentiva il bisogno di fermarsi in un luogo tranquillo, di aprire la valigia e di mettere ogni cosa al suo posto. Ma era come voler riappiccicare i frammenti di un vaso di porcellana ridotto in briciole.

Salì sul treno e si sedette al suo posto, accanto al finestrino. Incollò la fronte al vetro e si mise a guardare la gente che passava. Faceva caldo. Molte donne avevano le gambe nude e il seno mezzo di fuori, ma nemmeno le più belle riuscivano a emozionarlo. Lo scomparto si riempì in pochi minuti. Per fortuna lui aveva un sedile isolato.

Il treno partì. Ancora un paio d'ore e sarebbe arrivato a casa. Sapeva che era la cosa giusta da fare, ma si sentiva ugualmente opprimere dalla tristezza. Era come tornare da una guerra persa. Una guerra di cui non aveva capito il senso. Cosa aveva combinato a Roma? Era arrivato in quella grande città sognando di trovare chissà cosa, e invece... Aveva visto buttare nel Tevere un poveraccio ammazzato a bastonate, e si era perso dietro a una prostituta di vent'anni che gli aveva fatto spendere una montagna di soldi. Sotto di lei aveva vissuto momenti che non poteva dimenticare, momenti che adesso gli sembravano sudici come il suo divano... Non si erano mai baciati, avevano fatto tutte quelle porcate ma non si erano mai baciati, nemmeno una volta...

«Desidera un quotidiano, signore?» Il ragazzo era fermo accanto a lui, con un carrello pieno di giornali.

«Sì... Grazie...» Sapeva che non lo avrebbe letto, ma dire di no gli sembrava scortese.

«Ha qualche preferenza?»
«Me ne dia uno a caso.»
«Prego...» Il ragazzo continuò ad avanzare nel corridoio, offrendo giornali. Mario lo seguiva con lo sguardo. Gli sembrava una scena tristissima. Perché quel ragazzo non era in un bellissimo posto a fare qualcosa d'importante? Aveva qualche possibilità di salvarsi? Gli venne quasi voglia di inseguirlo per dirgli... Per dirgli cosa? Che non doveva rassegnarsi? Che non doveva lasciarsi calpestare dalla vita come aveva fatto lui fino a poco tempo prima? Non avrebbe avuto alcun senso. Era impossibile cambiare le cose. Nessuno poteva scegliere il momento della propria *ribellione*, e nessuno aveva il potere di accendere scintille negli altri. Dipendeva tutto dal caso... E poi con che diritto si metteva a giudicare la vita delle altre persone? Magari quel ragazzo era felice così...

Cercava di ritrovare nella memoria il momento in cui le cose erano cambiate, il momento in cui aveva cominciato a seppellirsi in una vita che... Non riusciva nemmeno a trovare le parole giuste. Forse era troppo tardi anche per capire. Si sentiva confuso come un bambino che si trova per la prima volta in mezzo alla folla. Era sempre stato convinto di aver fatto delle scelte, e invece... Quando era successo? Da ragazzino si sentiva curioso di tutto, era tormentato da mille sogni. Pensava addirittura che una stella lo proteggesse dalle brutte cose. E poi? Cos'era successo? Ci doveva pur essere stato un momento in cui aveva rinunciato ai suoi sogni. Si era infilato in una gabbia e l'aveva chiusa dall'interno. Eppure in tutti quegli anni non si era sentito infelice. Sgobbare per la sua famiglia non era mai stato un peso, anzi gli aveva sempre dato una grande soddisfazione. Solo adesso gli sembrava di aver lasciato che la vita gli rotolasse addosso. La famiglia non c'entrava nulla. Era una cosa tutta sua, doveva vedersela solo con se stesso. Se si sentiva un essere insignificante non era colpa di nessuno...

Dal finestrino vide una mucca ferma in mezzo a un prato, accanto a un traliccio dell'alta tensione, e più in alto un trattore che arava il fianco di una collina. Il sole delle nove proiettava lunghe ombre sul terreno. Come mai gli sembrava tutto così triste? Forse perché stava tornando a casa? Il ronzio regolare e le oscillazioni del treno avevano la capacità di spingerlo fino al passato più lontano... Aveva sei o sette anni... Suo fratello Aldo aveva chiuso la porta di camera con le mandate e aveva perso la chiave. Dopo una sfilza di bestemmie, il babbo si era fatto prestare dal fabbro una cassetta piena di chiavi, nella speranza che ce ne fosse una uguale. Aveva cominciato a provarle una a una... Questa no... Questa no... Questa no...

Anche lui, Mario, voleva partecipare all'impresa, ma il babbo e Aldo cercavano di mandarlo via. Non volevano bambini tra i piedi. Come se Aldo, che aveva sì e no quindici anni, fosse già un uomo. Passavano i minuti. La chiave giusta non si trovava, e il babbo era sempre più nervoso. La tensione si spandeva minacciosa in tutta la casa.

Lui era rimasto nei paraggi, a guardare le decine di chiavi che venivano provate e buttate da una parte. A un tratto si era lanciato in avanti e ne aveva afferrata una a caso.

«È questa!» aveva detto.

«Falla finita.» Il babbo gliel'aveva tolta di mano con aria seccata, ma già che c'era aveva provato a infilarla nella serratura... Era quella giusta! Davanti alla porta finalmente spalancata gli avevano fatto un sacco di feste. *Bravo!*

Bravissimo! Lui si era sentito un eroe, e la notte aveva fatto fatica ad addormentarsi. Era stato un caso, un puro caso. Lui non aveva avuto nessun merito... e invece lo avevano trattato come se avesse compiuto una grande impresa. Alla mamma, che sgobbava tutto il giorno in casa, nessuno diceva mai *Quanto sei brava*! Non era forse sempre così la vita? Un cumulo di faccende senza senso, di malintesi, di enormi bugie. Per cosa, poi? Forse tra un milione di anni il mondo si sarebbe disintegrato e non sarebbe rimasto più nulla, a parte qualche misero frammento di materia nello spazio infinito. Allora che senso aveva che fosse esistito, il mondo? Che senso aveva essere su quel treno?

Appena varcò la soglia di casa sentì nel naso l'odore familiare che lo aveva accolto per anni, e gli sembrò di sprofondare in un passato lontanissimo. Anche la bionda adesso gli appariva lontana, una macchia evanescente nella memoria. Ogni cosa gli sembrava lontana. Si sentiva spaesato, come il giorno in cui era arrivato a Roma. Lasciò la valigia nell'ingresso e si affacciò alla porta della cucina. Tutto uguale. Mancava solo sua moglie che si affaccendava intorno alle pentole. Perché era tornato?

Andò in camera a disfare la valigia. Il silenzio lo opprimeva, e avvertiva il solito formicolio nelle ossa. Mise a posto i vestiti che non aveva usato, e quelli sporchi li buttò sul letto. Trovò i romanzi di Simenon e li infilò nello sportello del comodino. A Roma non li aveva nemmeno aperti. Ora lo sapeva con certezza, aveva evitato di leggerli per paura di riconoscersi in qualche personaggio triste e di sentirsi a disagio, come la prima volta. Raccolse i vestiti sporchi e li portò in bagno. Li infilò nella lavatrice, ma si rese conto di non saperla usare.

Si guardò nello specchio. Aveva la barba lunga, il viso stanco. Aprì l'acqua e s'insaponò il viso. La lama era vecchia, grattava la pelle. Quando si sciacquò si accorse di non aver passato il rasoio sul labbro superiore. Capì che si sarebbe lasciato ricrescere i baffi, anche se li detestava. Voleva la sua faccia di prima. Voleva ripartire da lì, cercando di fare un passo alla volta. Che ne sapevano i suoi figli di quello che stava vivendo? Si preoccupavano per lui nel modo sbagliato. Lo trattavano come un povero vecchio senza speranza, e invece... Chissà cosa avrebbero detto se avessero saputo come aveva passato le sue giornate a Roma... Il loro povero babbo disperato aveva fumato droga con Mustafà e aveva speso una fortuna per colpa di una puttana...

Non avrebbe sopportato la loro incredulità, le loro facce deformate dal disappunto. Lo avrebbero considerato una specie di mostro, solo perché aveva fatto «cose» che loro non si sarebbero mai aspettati. Anche lui a dire il vero era incredulo. Se ripensava alle sue vacanze romane gli sembravano sogni, fantasie. Era come se avesse immaginato tutto senza muoversi da casa.

Entrò in cucina e si affacciò sul terrazzino. Le calze di sua moglie erano ancora sullo stendipanni. Le prese, le piegò senza troppa cura e andò in camera a metterle nel cassettone. Cosa doveva farne dei vestiti di Lella? Regalarli a qualche istituto?

A momenti aveva l'impressione che un pensiero volesse emergere dal buio. Doveva essere colpa della stanchezza. S'infilò nel suo buco e si sedette in poltrona, lasciando la porta aperta. Non accese la musica. Chiuse gli occhi e cercò di immaginarla, di cantarsela nella mente... *Semiramide... Il signor Bruschino...* Dopo un po' si accorse che stava sorridendo. Eppure non stava bene. La libertà che in certe occasioni lo aveva esaltato, adesso lo faceva sentire immensamente solo. O forse era meglio dire abbandonato...

Gli mancava il desiderio di abbattere i confini, la lotta quotidiana per mantenersi in equilibrio. Forse aveva paura, anche se non ne aveva alcun motivo.

Accese l'impianto e fece partire il disco. Non aveva più una moglie, e non doveva più lavorare. Gli rimanevano soltanto ore e ore da riempire. Guardava i vecchi libri sugli scaffali, l'intonaco ingiallito, le ragnatele agli angoli del soffitto che ondeggiavano lentamente. Avrebbe voluto rimanere così per sempre, senza dover mangiare, senza dormire...

Dov'era in quel momento la prostituta bionda? Cosa stava facendo? Anche mentre lei gli si dimenava addosso tutta nuda si era sentito solo. Non poteva fare a meno di ammetterlo. Ma in quei momenti era riuscito ugualmente a illudersi del contrario, era stato capace di sperare. Accanto a lei si era sentito addirittura bello. Adesso capiva che a Roma si era lasciato andare a quello che offriva la giornata... e ancora una volta non aveva scelto, non era stato lui a decidere. La sua era stata una ribellione sconclusionata, come la corsa di un pietrone che rotola giù da un precipizio. Aveva bisogno di ancorarsi a qualcosa, una qualsiasi...

A un tratto sorrise, stringendo i braccioli della poltrona... Sarebbe andato a Parigi, ecco cosa. Non allo sbaraglio, non come a Roma. Avrebbe aspettato il momento giusto. Doveva essere una città splendida, dove tutto poteva succedere. Aveva ancora nelle orecchie i racconti di Mustafà sulle donne francesi, anche se non gli aveva creduto. Quel poveraccio si era fatto ammazzare, pur di non chinare la testa. Se uno sconosciuto non fosse stato lì a guardarlo, lo avrebbe fatto lo stesso? Chi poteva saperlo, povero Mustafà. Magari qualcuno lo stava ancora aspettando, senza sapere che lui non sarebbe più tornato. Prima o poi qualcuno avrebbe scoperto come si chiamava il morto ripescato nel Tevere? Ma chi era veramente, Mustafà? Lo avevano certamente seppellito da qualche parte a spese del comune, e qualcuno doveva aver scritto in un registro un numero e due parole, *senza nome*. Sparito nel nulla. Solo Mario Rossi sapeva la verità. Si sarebbe portato quel segreto nella tomba. Alzò il volume della musica e chiuse gli occhi...

Parigi. Doveva andarci. Non subito però, prima aveva bisogno di ritrovare una certa stabilità. C'erano anche delle faccende pratiche da sbrigare. La pensione, la liquidazione, l'addebito automatico delle bollette. Doveva anche tranquillizzare Simona e Francesco, così non lo avrebbero braccato con mille telefonate preoccupate. Era solo un pensionato che voleva fare un viaggio a Parigi, tutto qua. Che c'era di strano? Non sapeva nemmeno quanto ci sarebbe rimasto. Magari per sempre. Quel pensiero gli fece quasi mancare il respiro. Non conosceva nessuno che non fosse stato almeno una volta a Parigi. Anche i suoi figli ci erano andati. Simona ci era stata per due settimane in viaggio di nozze, e diceva spesso che ci sarebbe tornata con le bambine. Anche i suoi colleghi ci erano stati, e anche tutti i suoi parenti, anche l'ortolano di via Gioberti, il lattaio, la postina... Il mondo intero aveva visto Parigi. Tranne lui, Mario Rossi, e sua moglie Gisella, che non sarebbe mai partita senza il marito.

Si accorse di avere una gran fame e guardò l'ora. L'una e venti. Era stato quasi due ore seduto in poltrona. Non l'avrebbe mai detto. Si alzò e uscì dalla stanza senza spegnere la musica. Camminare per casa e sentire Rossini era piacevole, e anche un po' strano. Passò dal bagno e pisciò con la porta aperta. Era più o meno così che per tutti quegli anni Lella aveva ascoltato la musica. Da lontano.

Entrò in cucina e aprì il congelatore. Prese una vaschetta di melanzane alla parmigiana e una di polpette. Sul coperchio di cartone c'era la data del congelamento, scritta a penna da Gisella. Le melanzane le aveva congelate quasi due mesi prima, le polpette invece appena quattro giorni prima di morire. Nello scomparto basso trovò anche due panini, chiusi in un sacchetto di plastica. Infilò tutto nel microonde e girò la manopola. La cucina era sporca. Doveva trovare una donna che venisse a fare le pulizie. Apparecchiò in tinello e accese il televisore. Rovesciò nell'acquaio una mezza bottiglia di vino ormai vecchio, e ne aprì un'altra. Le *Sinfonie* erano finite.

Cominciò a mangiare. Tutto quello che c'era sulla tavola era stato cucinato da sua moglie. Aveva già avuto quel pensiero, ma adesso non gli faceva più nessuna impressione, solo un po' di tristezza. Guardando il telegiornale gli veniva da commentare le notizie a voce alta, come quando c'era ancora Lella. Per un po' riuscì a trattenersi, ma alla fine si lasciò andare. Sullo schermo apparivano le facce dei politici, di destra e di sinistra.

«Figurati se ci credo, brutto coglione...»

«E chi se ne frega!»

«Ma guarda te se uno così deve diventare ministro...»

«Andate a lavorare, stronzi!»

«Non ci posso credere...»

«Vi manderei tutti nelle miniere di sale!»

Se non stava attento si voltava addirittura verso la sedia di sua moglie. Anzi, perché no. Chi glielo impediva?

«Possibile che quel deficiente sia ancora a piede libero?» disse, immaginando di parlare con Lella.

«Siete dei maiali!»

«Ma ti rendi conto?»

«E questa sarebbe una notizia?»

«Ma chiamateli per nome, porcaccia miseria!»

Finì di mangiare guardando un programma di scienza. Portò i piatti sporchi in cucina e li sistemò nella lavastoviglie. Prima o poi avrebbe messo in moto anche quella. Gli girava la testa per via del vino, e si sentiva leggero. Sfogarsi gli aveva fatto bene.

Ci mise un po' a trovare la moka. Il caffè era in frigo, quello lo sapeva. Appena mise la caffettiera sul fuoco si accorse di non aver nemmeno aperto la cassetta della posta, e decise di andarci subito. Scendendo le scale incrociò la signora Mecocci, che abitava nell'appartamento sotto al suo. Aveva più di sessant'anni, ma li portava bene. Stringendogli un braccio gli sussurrò incomprensibili condoglianze, e lui fece una faccia addolorata. Poi ognuno per la sua strada.

Arrivò a piano terra e aprì la cassetta della posta. Non c'era granché. Una bolletta del gas, qualche pubblicità, una lettera dell'Inps e un cartoncino arancione delle poste. Un pacco da ritirare. Quale pacco? Non aspettava nulla. Poi si accorse che il destinatario era Gisella. Tornò in casa e bevve il caffè in piedi, di fronte alla porta finestra della cucina. C'era un bellissimo sole. Accese una sigaretta, e andò a fumarla in salotto con i gomiti appoggiati al davanzale della finestra. Ormai era diventata una vera abitudine, una delle più piacevoli.

Faceva quasi caldo. Si tolse la camicia e la gettò sulla spalliera di una sedia, rimanendo in canottiera. Una finestra della palazzina di fronte attirò la sua attenzione. Dietro le tendine si intravedevano alcune persone sedute a tavola, figure evanescenti che sembravano di un altro mondo. Un mondo sereno, edificato su abitudini sane. Gettò la cicca nel vuoto e chiuse i vetri.

Simona e Francesco non si erano ancora fatti vivi. Magari lo avevano cercato sul cellulare, ma lui non lo aveva più acceso. Certamente pensavano che fosse ancora a Roma. Meglio così. Parlare con i suoi figli lo avrebbe fatto sentire ancora più solo. Non era piacevole ammetterlo, ma a volte Simona e Francesco gli sembravano quasi due estranei.

Uscì a piedi per andare a ritirare il pacco all'ufficio postale. Quando incrociava qualcuno sul marciapiede lo fissava negli occhi, e se incontrava il suo sguardo doveva trattenersi per non borbottare un saluto. Non gli era mai successo. Ma non era il caso di preoccuparsi. Doveva solo riposarsi, stare tranquillo per qualche giorno.

Il pacco era grande come un vocabolario, ma leggero. Il mittente non lo conosceva. C'erano da pagare trentasette euro... Trentasette come gli anni del suo matrimonio. Una buffa coincidenza. Pagò e si mise il pacco sotto il braccio. Lo avrebbe aperto a casa con calma.

Salendo le scale cercava ancora di immaginare cosa potesse esserci dentro. Quasi certamente era una fregatura. Non era la prima volta che sua moglie si faceva infinocchiare da un'asta televisiva.

Si sedette comodamente sul divano, lacerò la carta e aprì la scatola di cartone. Frugò con le dita in mezzo a un ammasso di trucioli trasparenti e tirò fuori un bicchiere. Un calice, per essere precisi. Lo alzò in aria per guardarlo meglio... e gli mancò il respiro. Sulla base era incisa una scritta, *Al mio caro brontolone*. Un regalo per lui... Il suo compleanno era tra un paio di settimane, se ne era completamente dimenticato. Lella invece no. Trentasette euro. Lella lo avrebbe pagato con gli spiccioli che le avanzavano dalla spesa. Li metteva sempre in un barattolo, e due volte l'anno li spendeva per comprare un regalo a lui, al suo caro marito *brontolone*. Sul bordo del calice vide un bollino dorato, *Cristallo di Boemia*. Sentì che gli tremava la mascella, e per cercare di non piangere si morse le guance.

Se quella mattina non avesse attraversato a piedi piazza D'Azeglio non l'avrebbe mai vista, e le cose sarebbero andate in un altro modo.

Dopo l'abituale passeggiata in centro stava tornando a casa, più tardi del solito. Era ormai quasi un anno che ogni mattina andava in centro a fare due passi, senza una meta precisa. Osservare le persone era diventato un gioco appassionante. Era convinto che in un modo o nell'altro tutti nascondessero un segreto. In generale le femmine erano più belle dei maschi. Guardava anche le bambine, cercando di immaginare come sarebbero diventate da grandi. Di certe giovani donne s'innamorava all'istante, e si lasciava andare a sogni strazianti che non avrebbe mai confessato a nessuno. Di solito le brune gli piacevano più delle bionde, soprattutto quelle con lo sguardo cupo e la bocca imbronciata. Una ragazza così faceva la commessa in un negozio di candele di via de' Cerchi. Ci passava davanti tutti i giorni, a passo lento. Poi magari ci ripassava. A volte si fermava davanti alla vetrina e fingeva di guardare le candele. Chissà se lei se n'era accorta.

Quel giorno, invece di passare come sempre da via Pietrapiana e da borgo la Croce, per poi sbucare in piazza Beccaria, aveva attraversato piazza SS. Annunziata, e passando sotto l'arco aveva imboccato via della Colonna. Era già l'una e mezzo. Il cielo era soffocato da grosse nuvole grigie, sembrava che dovesse piovere da un momento all'altro. Erano i primi di maggio, l'aria era piacevolmente tiepida. Giù dai marciapiedi si vedevano ancora delle piccole pozzanghere torbide lasciate dall'acquazzone di qualche giorno prima.

A casa non c'era nessuno ad aspettarlo, ma aveva ugualmente la sensazione di essere in ritardo. Forse era per quello che aveva cambiato strada, per fare ancora più tardi. Per l'ennesima volta voleva dimostrare a se stesso di essere libero.

Dopo il viaggio a Roma le sue giornate avevano preso quasi subito un ritmo regolare. Gli sembrava impossibile vivere senza abitudini, ma non le avvertiva più come un peso. Adesso era lui a scegliere. Era piacevole ritrovare ogni giorno le stesse cose. E se gli andava poteva contravvenire alle regole come e quando voleva. Non come prima, quando c'era ancora sua moglie e lavorava in un ufficio polveroso sopportando i rituali quotidiani senza rendersene conto. Ora poteva decidere se obbedire o no alle proprie abitudini. Era come viaggiare sopra un treno sapendo di poter saltare giù in ogni momento, anche se in effetti non ne approfittava quasi mai. Preferiva sentirsi protetto dal calore delle consuetudini.

La mattina verso le sette apriva gli occhi, senza bisogno della sveglia. Si rigirava tra i lenzuoli, ma non riusciva a riaddormentarsi. Si alzava poco prima delle otto e faceva colazione in pigiama, sul tavolo di cucina, lasciando che il tempo passasse. Si radeva senza fretta. I suoi baffi erano tornati come una volta, folti e ispidi. Dopo una doccia calda si vestiva e andava a fare la spesa. Cercava di metterci più tempo possibile. Per ultimo si lasciava l'ortolano, e quando era possibile restava a chiacchierare un po' con lui. Tornando verso casa comprava il giornale, e senza aprirlo se lo metteva sotto il braccio. Sistemava la spesa e aspettava che arrivasse la ragazza rumena, girellando per casa senza fare nulla di preciso. Spostava una sedia, rimetteva a posto un bicchiere, cambiava il sacco della spazzatura. Ogni cosa gli ricordava sua moglie. A volte s'immaginava di vederla sbucare da una porta, o di trovarla in cucina a sbucciare una cipolla con gli occhi pieni di lacrime.

La rumena arrivava alle dieci e un quarto. Si chiamava Lucia. L'aveva trovata parlando appunto con l'ortolano di via Gioberti. Una ragazzona di età indefinibile che poteva tranquillamente fare a pugni con un uomo. Bassa, con la faccia schiacciata. Grande lavoratrice. Aveva un carattere ruvido, che nessuno avrebbe mai potuto addomesticare.

«Lucia, ci sarebbe da pulire anche il bagno...»

«Suo bagno sempre sudicio, come stalla di maiale.»

Trecento euro al mese, in nero. Andava bene a tutti e due. Mario le spiegava cosa pulire e cosa cucinare, e alle dieci e mezzo usciva di casa a piedi. Andava in centro, passando sempre dalle stesse strade. Solo ogni tanto gli capitava di fare una piccola commissione per Simona, e si sforzava di sentirsi indispensabile.

Tornava a casa all'una meno un quarto. Di solito a quell'ora la rumena se n'era già andata, e nell'aria si sentivano gli odori dei cibi appena cucinati. Si lasciava andare sul divano e apriva il giornale. Leggeva qualche articolo, tenendo d'occhio l'ora. Pranzava all'una e mezzo in punto, guardando il TG1. Verso le due e mezzo faceva un pisolino di un'ora, poi scendeva nel suo laboratorio. Riparava qualcosa, verniciava una persiana, oppure cercava di inventare un nuovo attrezzo con la speranza di brevettarlo.

Una volta ogni tanto passava il pomeriggio in un circolo

ricreativo, nella zona di San Salvi. Si entrava da un cancellino e si girava dietro un palazzo. Un bar dove tutto costava meno, una saletta con un paio di biliardi, una stanza con qualche gioco elettronico per i ragazzi, altre stanzette dove i pensionati giocavano a carte. Fuori c'era anche la pista per le bocce, coperta da una tettoia di plastica ondulata. Se non faceva freddo giocavano a squadre, e si sentivano volare parolacce peggio di quelle dei ragazzini all'uscita di scuola. Quando tirava troppo vento stavano dentro e si mettevano a giocare a carte. Scopa e briscola, ma a volte ci scappava anche un poker.

Prima di andare in pensione aveva sempre considerato quei circoli come i luoghi più squallidi della terra, dove lui non avrebbe mai messo piede. Non si sarebbe mai immaginato di poter frequentare un posto del genere, ma aveva scoperto che in fin dei conti non era poi così sgradevole.

A giocare a carte o alla pista delle bocce c'erano sempre le stesse persone. Tutti pensionati, alcuni piuttosto rincoglioniti. Lui non si sentiva come loro. Andava al circolo solo per passare un po' di tempo in compagnia, consapevole di poterne fare a meno.

Una mattina, per fare qualcosa di diverso, era andato a trovare i suoi vecchi colleghi di lavoro. Si erano scambiati sorrisi e pacche sulle spalle, come se fossero contenti di vedersi. In realtà non avevano nulla da dirsi. Lo avevano trattato con quella premura che si riserva a chi non conta più nulla, un misto di gentilezza e compassione. Era volata anche qualche battuta, e tutti si erano sforzati di ridere. Il dottor Biagiotti gli aveva stretto la mano con vigore, ma era tornato subito in ufficio perché aveva un sacco di cose da fare.

Rivedere la sua stanza lo aveva messo di malumore. La

sua scrivania era occupata da un trentenne senza capelli, che lo aveva salutato con indifferenza. Nel rettangolo della finestra si stagliava un'immagine che conosceva fin troppo bene: le terrazze del brutto palazzo di fronte, costruito a metà degli anni Settanta.

Al momento dei saluti erano volate le solite promesse, che nessuno avrebbe mai rispettato. Appena era uscito dal portone aveva alzato gli occhi, per guardare la finestra del suo vecchio ufficio. Gli sembrava impossibile aver passato quarantatré anni chiuso là dentro. Fatture, registri, effetti bancari... Che senso aveva una vita così? Perché non aveva fatto qualcosa di diverso? Perché non aveva rischiato? Aveva rinunciato ancora prima di provarci. Si era seppellito sotto le scartoffie e aveva lasciato che il tempo gli scivolasse addosso. Cosa poteva imparare un figlio, da un padre così? Simona e Francesco somigliavano a lui. Si erano scavati una cuccia comoda in cui vivere, senza pretendere niente, come se le ambizioni fossero riservate a pochi fortunati. Sarebbero mai riusciti a svegliarsi? A ribellarsi?

In qualsiasi modo passasse il pomeriggio, tornava a casa più o meno alle sei. Si lavava bene le mani e andava nella sua stanza ad ascoltare le *Sinfonie Celebri*, con la porta spalancata. Era soprattutto in quei momenti che gli capitava di pensare a Parigi. Cercava di immaginarla, piena di luci e di palazzi imponenti, di viali immensi, di donne bellissime... Sì, prima o poi ci sarebbe andato, anche se non sapeva ancora quando. Continuava a rimandare. Non era certo una questione di soldi. Come liquidazione aveva incassato una bella somma, molto più di quanto immaginava. E in banca arrivava ogni mese la pensione, quasi mille e settecento euro netti e la tredicesima a Natale. No, la faccenda era un'altra. Doveva aspettare l'occasione giusta. Un segnale, qualcosa che gli facesse capire che era arrivato il momento di partire, di andarsene via...

Tra le sette e mezzo e le otto meno dieci telefonavano i figli, e i discorsi erano più o meno sempre gli stessi. Alle otto si sedeva davanti al telegiornale, mangiando di gusto e borbottando come al solito. Quella benedetta rumena non cucinava per niente male.

Dopo aver messo i piatti sporchi nella lavastoviglie andava a sedersi sul divano in salotto. Televisore acceso e grappa a portata di mano. Schiacciando nel posacenere la seconda sigaretta decideva come passare la serata. Poteva continuare a guardare la tv, andare al cinema da solo, o semplicemente fare un giro in macchina.

Quando restava a casa, dopo mezzanotte gli capitava di mettere uno di quei canali con le donne mezze nude che si toccano addosso. Senza pensarci troppo si masturbava, e subito dopo cercava di dimenticare di averlo fatto.

Un paio di volte al mese, incalzato da un fremito che fingeva di ignorare, si spingeva fino a Montecatini o a Monsummano e spendeva cento euro con una prostituta sempre diversa. A Firenze non l'avrebbe mai fatto, per paura che qualcuno lo riconoscesse. Sceglieva le più giovani, e sempre europee. Le nere gli facevano impressione. Prima di arrivare al dunque cercava ogni volta di scambiare due chiacchiere, ma le ragazze avevano tutte una gran fretta di concludere. Prendevano i soldi, aprivano le gambe, lasciavano che lui si sfogasse, poi si facevano riaccompagnare e se ne andavano con un saluto annoiato, lasciando nell'abitacolo un forte odore di profumi scadenti e di sesso.

Al ritorno, guidando sull'autostrada, cercava di non sentirsi avvilito, e ogni volta giurava a se stesso che quella era stata l'ultima. Appena arrivava a casa si lavava i denti e andava a letto. Se non era troppo stanco si metteva a leggere. Non aveva più aperto i romanzi di Simenon, ancora non se la sentiva. Preferiva rileggere i classici che già conosceva. Quando il mento gli cadeva sul petto spegneva la luce. Mentre si addormentava poteva capitargli di ripensare alla giovane prostituta di Roma... ma erano solo pensieri vaghi, senza conseguenze.

Una pioggerella leggera non cambiava il ritmo delle sue giornate. Quando invece pioveva a dirotto restava a casa tutto il giorno. Leggeva un libro, sfogliava il giornale, guardava qualcosa in tv, ascoltava la musica... e i minuti passavano.

La domenica era un giorno diverso. La mattina Francesco veniva in treno da Milano, e pranzavano tutti insieme a casa di Simona. Le bambine stavano poco a tavola, non facevano che rincorrersi per la casa. Lui sopportava, ma dopo un po' quella confusione gli faceva girare la testa. Il fidanzato di sua figlia non c'era mai, per fortuna. Non avrebbe tollerato di stare seduto di fronte a quell'imbecille, e magari di doverci addirittura parlare.

Se il tempo era brutto passavano il pomeriggio a sbadigliare davanti a un gioco da tavolo, per far contente le bambine. Quando c'era il sole andavano a fare un giro in macchina sulle colline, quasi sempre nel Chianti. Alle cinque si fermavano in un'osteria qualunque a mangiare un panino con il prosciutto tagliato a mano. Le bambine riuscivano sempre a far cadere qualcosa per terra o a sporcarsi il vestito. Quando Mario provava a fare una coccola a quelle due indiavolate si accorgeva di essere goffo, e di non conoscerle quasi. Non si era mai comportato come un vero nonno, perché quando c'era sua moglie pensava lei a quelle cose. Le bimbe ogni tanto chiedevano dov'era nonna Lella, e Simona con gli occhi lucidi diceva sorridendo che la nonna *era salita in cielo e li stava guardando.* Le due teppiste guardavano in alto con la bocca aperta, e salutavano la nonna agitando una manina.

Alle otto meno un quarto Simona fermava la macchina davanti al portone di suo padre. Saluti, baci, un complimento alle bambine. Mario scendeva, e guardava la vecchia Ford di sua figlia che si allontanava. Simona accompagnava il fratello alla stazione, andava dritta a casa e dopo cena spediva le figlie a dormire. Forse era più o meno a quell'ora che appariva il fidanzato scemo.

Se quella mattina non avesse cambiato strada...

Arrivò in fondo a via della Colonna e s'infilò nel giardino di piazza D'Azeglio. Le panchine erano quasi tutte occupate. Stranieri che mangiavano, pensionati con il cane, gruppi di ragazzini che gridavano, signore eleganti che parlavano muovendo le mani con gesti rotondi.

A un certo punto si voltò... e la vide. Senza rendersene conto si fermò a guardarla, con la bocca mezza aperta. Era bella, certo... Ma non era solo quello. Cos'era che lo aveva colpito? I suoi capelli lunghi e neri? Le sue gambe nude che sbucavano senza pudore dalla minigonna? O il giubbottino slacciato che lasciava intravedere un seno troppo grande per la sua età?

Era seduta di sbieco su una panchina, accanto a un ragazzo che doveva avere almeno cinque anni più di lei. La vedeva parlare e parlare, mentre il ragazzo guardava nel vuoto con aria annoiata. Continuava a fissarla, imbambolato. Due suore gli passarono davanti lanciandogli un'occhiata sospettosa, e lui riprese a camminare come se niente fosse. Arrivò dalla parte opposta della piazza e si fermò di nuovo. Non poteva andarsene così. Fece un gesto plateale come se avesse dimenticato qualcosa, e tornò indietro a passo deciso. Aveva recitato quella scenetta perché ogni tanto gli era capitato di vedere per strada qualcuno che all'improvviso faceva dietrofront, e aveva sempre pensato: *forse è pazzo*. Si diresse verso il punto dove era seduta la ragazzina, e quando le passò accanto lei si voltò a guardare di chi fossero quei passi. Mario distolse lo sguardo con uno scatto del collo, e un attimo dopo si accorse di essere bagnato di sudore. Aveva così caldo che si allentò la cravatta. Non stava esagerando? Forse avevano ragione i suoi figli. Era un povero vecchio rimbambito che si comportava in modo strano. Fece quasi il giro intero della piazza, camminando all'esterno del giardino. Voleva rivedere ancora una volta quella ragazzina. Quattordici anni? Forse anche meno.

S'infilò di nuovo nel giardino. Si era liberata una panchina, e ne approfittò per sedersi. Vide la ragazzina alzarsi insieme al ragazzo. Non sembravano di buon umore. Il ragazzo fece un gesto scocciato e se ne andò. Lei rimase impietrita per qualche istante, poi si lasciò andare di nuovo sulla panchina e abbassò il viso. Dopo qualche secondo le sue spalle cominciarono a sussultare. Mario non la perdeva d'occhio. Dopo un po' la ragazzina si alzò e s'incamminò proprio verso di lui. Passò a pochi metri dalla sua panchina, con lo zaino agganciato a una spalla e gli occhi rossi di pianto.

Come se fosse la cosa più naturale da fare Mario le andò dietro, sentendo pulsare il cuore nel palmo delle mani. La raggiunse al semaforo di piazzale Donatello e si fermò accanto a lei. Sul viale c'era un gran traffico, l'aria puzzava. Mentre aspettavano il verde si voltò a guardarla. Era alta quasi come lui. I capelli le nascondevano un po' il viso, e si tormentava le labbra con i denti. Ora o mai più.

«Ti senti bene?»

Lei si voltò, un po' stupita. Aveva gli occhi umidi, sbavati di nero. Non erano solo bellissimi, quegli occhi. Anche se erano neri brillavano di una luce intensa, come due pietre messe a fondere sulla brace. La bocca era carnosa, le labbra di un rosso naturale che faceva pensare alle ciliegie.

«Che ti è successo?»

Lei non diceva nulla. Però almeno non era scappata via impaurita. Forse erano i cinquant'anni di differenza che li separavano a farla stare tranquilla. Anche lui si sentiva calmissimo, come se il mondo intorno si fosse fermato.

«Hai bisogno di qualcosa?»

La ragazzina fece di no con la testa, con lo sguardo buio, poi si voltò di nuovo verso il viale. Era giovanissima, poco più di una bambina, ma per certi versi era quasi una donna. Andava già con i ragazzi. Quel pensiero lo fece rabbrividire...

Scattò il verde. Il traffico si fermò, e la ragazzina se ne andò senza voltarsi. Lui la seguì, non poteva farne a meno. Era di nuovo agitato. Si teneva a una decina di metri di distanza, le mani nelle tasche e lo sguardo che apparentemente si smarriva lungo le facciate dei palazzi. Aveva l'aria di chi sta tornando verso casa.

La ragazzina tagliava l'aria senza guardare nessuno, avanzando con passo sicuro. Come poteva esistere una creatura così bella? Il giubbottino rosa le accarezzava la vita, e dalla minigonna che svolazzava nervosamente spuntavano due gambe create apposta per attirare lo sguardo. Vederle muovere gli dava un tuffo al cuore. Le caviglie sottili erano avvolte da calzette bianche di cotone, e le scarpette da ginnastica calpestavano le pietre del marciapiede senza fare alcun rumore. A guardarla da dietro poteva anche sembrare più grande della sua età. Svoltò l'angolo di via della Robbia, e lui continuò a seguirla. Cosa gli stava succedendo? Le altre volte, quando gli capitava di seguire una donna, dopo un po' si dava dell'imbecille e cambiava strada.

La ragazzina continuava a camminare, lasciando dietro di sé una scia magica. Lui annusava l'aria, e gli sembrava quasi di sentire l'odore dei suoi capelli neri. Non cercava nulla di preciso, voleva solo vedere dove abitava. Così, per curiosità. Chissà cosa le aveva detto il ragazzo che se n'era andato alzando le spalle... Se l'aveva lasciata era uno scemo.

Continuava a guardare quelle gambe in movimento e immaginava di baciarle, di morderle. Con quei baffoni ispidi le avrebbe fatto il solletico, pensò sorridendo. Si sentiva bene, ma anche male. Era difficile dividere le due cose. Sapeva solo che voleva continuare a seguirla. Chissà come si chiamava. Mordicchiandosi le labbra cercava di immaginare un nome che le stesse bene. Barbarella? Letizia? Oppure...

La vide sparire in via Giambologna. Affrettò il passo e girò l'angolo poco dopo di lei. La ragazzina stava attraversando la strada, lui invece continuò a camminare sullo stesso marciapiede. E se lei si fosse voltata e l'avesse visto? Si sarebbe spaventata? Solo al pensiero tremava di vergogna.

La vide fermarsi davanti a un portone e suonare un campanello. Il primo pulsante in alto, ne era sicuro. Era un edificio moderno, incastrato tra due imponenti palazzi ottocenteschi rivestiti di pietra. La ragazzina spinse il portone e sparì dentro senza voltarsi. Non aveva ancora le chiavi di casa... e andava già con i ragazzi.

Continuò a camminare, con le mani allacciate dietro la schiena. Visto da fuori sembrava l'immagine della tranquillità. Arrivò all'angolo di via Masaccio, cambiò marciapiede e tornò indietro. Per strada non c'era nessuno. Si fermò di fronte al portone dove abitava la ragazzina, e lesse la targhetta del primo campanello in alto... *Rag. Aldo Bertelli.*

Accartocciò la bottiglia vuota con una violenza esagerata, e andò a buttarla nel sacchetto di plastica appeso alla maniglia della porta finestra. La cucina sapeva come sempre di cibi cotti, perché la rumena si dimenticava di accendere l'aspiratore. A un tratto vide qualcosa di scuro che si muoveva sul pavimento. Era un grosso scorpione nero nero. Aprì lo sportello sotto l'acquaio e prese un barattolo vuoto della marmellata. Riuscì a metterci dentro lo scorpione e chiuse il coperchio. Lo appoggiò sul tavolo di cucina, sotto il neon. Si sedette e avvicinò gli occhi per guardarlo bene. Adesso quel pungiglione alzato in aria non poteva far male a nessuno. Rimase incantato a guardare lo scorpione che correva in cerchio nella sua prigione di vetro. Avvertiva una leggera tristezza, come se quella scena avesse a che fare con la sua vita.

Era ora di cena. Simona e Francesco avevano già chiamato. Lasciò il barattolo sul tavolo e aprì il frigo. Pollo e piselli. Li scaldò nel microonde, apparecchiò in tinello e accese il televisore. Mandò giù un bel sorso di vino. Ormai usava solo il calice che gli aveva regalato sua moglie, anche se ogni volta che leggeva la frase incisa sul vetro sentiva uno strizzone allo stomaco. *Al mio caro brontolone*. Non c'era nessuna malignità in quelle parole, anzi erano tenere... Allora come mai ogni tanto gli suscitavano una punta di fastidio?

Guardava il telegiornale, ma non riusciva a seguire. Aveva in testa altre cose. Da qualche giorno all'una meno un quarto andava a sedersi su una panchina di piazza D'Azeglio, fingendo di leggere il giornale e sbirciando di continuo l'angolo di via Alfieri. Era da lì che lei arrivava.

Quell'attesa gli dava una specie di vertigine, come quando saliva sulla scala di alluminio per cambiare una lampadina. La ragazzina appariva più o meno verso l'una e dieci, da sola. Ogni volta che la vedeva sentiva il cuore fermarsi. La spiava da sopra il giornale. Quelle gambe nude in movimento gli toglievano il respiro, avevano la stessa limpida superbia di certi animali selvatici. Fissava per lunghi secondi la macchia rossa delle sue labbra, il seno che gonfiava sotto il giubbottino mezzo aperto, i piedini che con indifferenza calpestavano il mondo. Non poteva fare a meno di immaginarla distesa in un prato con gli occhi pieni di desiderio... Chissà che viso aveva, quando faceva quelle cose. A momenti si vergognava dei suoi pensieri, ma più cercava di allontanarli e più diventavano insistenti. Era meglio lasciarli fluire a piacimento... In fondo era solo un gioco, e nessuno lo avrebbe mai saputo. Magari lo facevano tutti, senza avere il coraggio di confessarlo. Un gioco segreto, per liberare un po' la fantasia. Una cosa del tutto innocua. Non significava certo che lui avrebbe potuto... Non era mica un mostro, lo sapeva bene che era poco più di una bambina, lo sapeva eccome... Allora come mai da quando l'aveva vista non guardava più le donne con gli stessi occhi di prima? Ne incrociava anche di molto belle, ma non provava nessuna emozione. Non si era nemmeno più fermato a sbirciare la commessa del negozio di candele. Aspettava solo il momento di sedersi in piazza D'Azeglio, con il giornale aperto di cui riusciva a malapena a leggere i titoli.

La ragazzina attraversava sempre la piazza in diagonale, con passo svogliato. Bella, bellissima. Quando c'erano dei ragazzi seduti sulle panchine, regolarmente le urlavano dietro qualcosa. Gli uomini invece si limitavano a lanciarle una lunga occhiata. Lei passava senza guardare nessuno e se ne andava verso casa con lo zainetto colorato appeso alla spalla. Non sembrava né triste né angosciata, ma aveva sempre un'aria buia che la rendeva ancora più bella. Appena spariva dietro l'angolo lui contava fino a sessanta, con la smania nelle gambe. Poi si alzava e le andava dietro, cercando di avere un'aria indifferente. Erano i momenti più belli della giornata. Volendo esagerare, i più belli della sua vita... Se lo ripeteva ogni volta, quasi con rabbia. E intanto dentro di sé sorrideva.

Con il cuore accelerato seguiva la ragazzina a distanza, fino a casa. Non c'era nulla di male. Gli sarebbe piaciuto parlare con lei, vederla ridere per qualcosa di divertente che lui aveva detto. Era forse un delitto? Magari potevano fare una passeggiata insieme, diventare amici... Perché no? Che c'era di così strano? Aspettava di vederla entrare nel portone di casa e tornava indietro, malinconico e un po' eccitato.

Un povero vecchio scemo, ecco cos'era. Un malato di solitudine che si perdeva dietro a un miraggio. Sparecchiò la tavola pensando che il giorno dopo era domenica. Non avrebbe visto la ragazzina. Sarebbe andato a pranzo da sua figlia e ci sarebbe stato anche Francesco. Nel pomeriggio la girata in macchina sulle colline, il panino con il prosciutto, le bambine che schiamazzavano... Nessuno poteva immaginare che lui aveva sempre in testa una ragazzina con la bocca rossa. E nessuno avrebbe mai accettato che un vecchio di sessantatré anni e un'adolescente potessero essere legati da un qualche sentimento, se non erano parenti. Chi aveva deciso quelle regole? Solo perché il mondo era pieno di maiali che si approfittavano dei bambini... Ma che ne sapevano gli altri? È vero che ogni tanto gli capitava di lasciarsi andare a qualche fantasia sconveniente, ma in fondo era umano. La bellezza suscita sempre desiderio, è nella natura delle cose... Poi però esiste la coscienza, che riesce a valutare le situazioni e a scegliere per il meglio. Se avesse potuto conoscere quella ragazzina, parlare con lei... Non l'avrebbe sfiorata nemmeno con un dito, figuriamoci! Gli sarebbe bastato guardarla, sentire la sua voce, le sue risate. Avrebbe fatto di tutto per essere ammirato da lei, per guadagnarsi la sua fiducia, per poterle insegnare qualcosa. E se mai un giorno, per chissà quale follia, avesse sentito il desiderio... magari di baciarla... Era possibile, no? Ebbene, avrebbe sopportato in silenzio quella piccola croce. Il suo appagamento sarebbe stato solo sentimentale, puro.

Si ricordò dello scorpione, e andò a buttarlo giù dal terrazzo. Anche quella bestiaccia aveva il diritto di vivere. Andò a sedersi in salotto con le sigarette e la bottiglia di grappa, e accese il televisore. Da qualche tempo gli capitava di bere più del solito, ma era solo un periodo. Presto sarebbe tornato ai suoi tre o quattro bicchierini.

Saltò un po' per i canali e alla fine lasciò un vecchio western. Le sparatorie riuscivano a distrarlo, anche se non del tutto. Alla quarta grappa si lasciò andare a una leggera euforia. E se per caso la ragazzina gli avesse dimostrato che anche lei... Poteva succedere, no? Certe cose non si possono comandare. Lui era vecchio e non troppo bello, lei giovanissima, bella come la luna. E allora? Non si vedevano in giro coppie male assortite che facevano pensare alla fattura di una strega? E poi l'età non contava nulla, c'erano un sacco di film in cui...

Bene, aveva stabilito che poteva succedere. Ma in quel caso cosa avrebbe fatto? Se lei gli avesse offerto le sue labbra rosse come ciliegie... No, avrebbe resistito. E si sarebbe sentito orgoglioso. Triste, ma orgoglioso. Forse per un po' gli sarebbe rimasta dentro una certa amarezza verso la vita, verso il destino che lo aveva fatto nascere nell'epoca sbagliata. Ma la consapevolezza di aver agito con coscienza gli avrebbe fatto dimenticare in fretta ogni delusione. Non era mica un mostro, porcaccia miseria.

Vuotò il quinto bicchierino e accese un'altra sigaretta. Certo, sarebbe stato fiero di suscitare una cosa del genere in una ragazzina... Erano sempre così spietate le femmine, a quell'età... Ma lui avrebbe respinto la sua boccuccia rossa con decisione, le avrebbe spiegato che non si poteva fare, che non era giusto. Se occorreva le avrebbe perfino detto che lui invece non provava le stesse cose, che voleva solo essere suo amico e nient'altro. Una bugia necessaria, a costo di vederla andare via in lacrime... Era disposto anche a trattarla male, per il suo bene. E quando lei, diventata donna, avrebbe ripensato a quei momenti cruciali, si sarebbe commossa, lo avrebbe ringraziato con tutto il cuore per l'eternità, avrebbe raccontato a tutti dell'onestissimo signor Rossi, che aveva respinto il desiderio di un'adolescente incapace di distinguere l'affetto dall'attrazione...

Al sesto bicchiere si sentì un infelice, e pensò con vergogna a quelle fantasie insensate e imbecilli. La ragazzina non gli avrebbe mai rivolto la parola, non sapeva che farsene di un vecchio come lui... Altro che offrirgli la bocca! Che razza di coglionerie...

Sentiva il bisogno di muoversi, per non lasciarsi sopraffare dallo sconforto. Si alzò barcollando e si mise a passeggiare per la casa. La cucina, il corridoio, la camera da letto, il bagno... Accendeva la luce, entrava, faceva il giro della stanza e usciva, senza un motivo. Continuava a sentire la presenza di sua moglie, e a momenti perfino il suo odore. Lella era nell'aria, era nei soprammobili, sugli scaffali, dentro gli armadi, negli angoli del soffitto... Una povera donna che aveva sopportato la vita senza mai lamentarsi, senza mai protestare...

Gli scoppiò in gola un singhiozzo. Sbavando come un bambino andò in bagno a lavarsi la faccia con l'acqua fredda, e riuscì a calmarsi. Tornò in salotto e si rannicchiò sul divano. Allungò una mano giusto per prendere il bicchiere, e lo vuotò in un sorso. Il western era arrivato al duello finale, ma lui non aveva ancora capito chi era il buono e chi il cattivo. Bastava solo aspettare. Quello che moriva sarebbe stato il cattivo. La gola gli bruciava, e i baffi sapevano di fumo. Finalmente arrivarono gli spari. Un uomo finì disteso nella polvere, con gli occhi sbarrati e il petto insanguinato. Il cattivo era morto.

«Ciao, bello.»

«Buonasera...»

«Cinquanta in macchina, con bocca cento.» Una biondina slava con le labbra piene di rossetto e il sorriso triste. Stava affacciata al finestrino, e l'odore forte del suo profumo arrivava a ondate.

«Va bene» sussurrò Mario. La ragazza aprì la portiera e si lasciò andare sul sedile. Aveva una minigonna così corta che si vedevano le mutandine.

«Al semaforo, poi destra.»

«Sì.»

«Ce l'hai soldi?»

«Certo...» Seguiva le indicazioni della slava, con la testa piena di pensieri.

Quella mattina era stato come sempre in piazza D'Azeglio. La ragazzina era arrivata insieme a un ragazzo biondo talmente brutto che... Non riusciva a crederci. Si erano seduti su una panchina e avevano cominciato a baciarsi, davanti a tutti. Lui si era sentito così male che aveva dovuto nascondersi dietro al giornale. Vecchio idiota. Cosa credeva, che ormai la ragazzina fosse di sua proprietà? Certo che lei aveva fatto presto a trovarne un altro. Quanto tempo era passato da quando l'altro ragazzo... Dieci giorni? Undici? Ogni tanto sbirciava, e li trovava sempre appiccicati. Finalmente si erano alzati. Un altro bacio, un saluto con la mano, e ognuno per la sua strada. Lei era passata a pochi metri da lui con il sorriso sulle labbra, senza nemmeno notarlo. L'aveva seguita fissando le sue scarpette bianche, i suoi lunghi capelli neri, le gambe nude che avanzavano con leggerezza. L'aveva vista sparire dentro il portone... e proprio in quel momento aveva capito che quella sera sarebbe andato a Montecatini.

«Entra qua...» La slava indicò il piazzale buio di una ditta di trasporti, e s'infilarono tra le sagome nere dei camion allineati lungo la recinzione. La ragazza si voltò a guardarlo.

«Prima soldi.»

«Sì...» Tirò fuori il portafogli, lo aprì per prendere cento euro... e un attimo dopo gli sparì dalle mani.

«Ehi!» Non capì subito. La ragazza era già saltata fuori dalla macchina. Scese anche lui, ma la biondina era stata inghiottita dall'oscurità che stagnava tra i camion. Non si sentiva nemmeno il rumore dei suoi passi. Porcaccia miseria! Si era lasciato fregare come un imbecille. Quanti soldi c'erano nel portafogli? Almeno trecento euro, maledetta troia. E poi il bancomat, la carta di credito, la patente, i documenti, la tessera sanitaria... E una vecchia foto di sua moglie con i bambini a cui era molto affezionato, anche se non la guardava quasi mai. Non aveva il coraggio di inseguire la ragazza, quel piazzale immerso nel buio gli faceva paura. Rimontò in macchina, chiuse le sicure e partì.

«*Prima soldi*... Che puttana...» borbottava di continuo. Si sentiva umiliato, calpestato. Ai carabinieri avrebbe detto che aveva perso il portafogli. Meno male che aveva le fotocopie di tutti i documenti, sarebbe stato più facile fare i duplicati. Non poteva nemmeno cercare un'altra prostituta, non aveva più un soldo. Solo gli spiccioli per l'autostrada.

Mentre guidava chiamò con il cellulare i numeri verdi per bloccare il bancomat e la carta di credito. Ormai sapeva come fare, gli era già successo di perdere il portafogli.

Arrivò a casa verso mezzanotte e si versò una grappa. La mandò giù in un sorso, e sentì una bolla acida salirgli su per l'esofago. Si lasciò andare sul divano. Riuscì ad allontanare l'immagine della ragazzina, per non sporcarla con quello che stava per fare. Accese il televisore e cercò i canali con la pubblicità dei telefoni erotici. Si fermò su una mora un po' grassa che si contorceva sopra un letto. Si eccitò all'istante. Facendosi largo tra i sensi di colpa si aprì i pantaloni e sfogò la sua voglia con rabbia, ma non provò nessun piacere. Gli rimase addosso un'angoscia peggiore di quando si masturbava da ragazzino chiuso nel bagno, con l'aiuto di un giornalino osceno che teneva nascosto dietro lo specchio. Bevve ancora, e finì la bottiglia. Gli ronzavano le orecchie.

Se ne andò a letto senza nemmeno lavarsi i denti. Spense subito la luce e affondò la faccia nel cuscino. Solo in quel momento lasciò che la sua mente venisse attraversata dalla ragazzina, dalle sue gambe un po' arcuate, dalle labbra rosse... Cercava di dimenticare quella brutta serata, ma la vergogna continuava a tormentarlo. Si sentiva schiavo della sua parte bestiale... Ma in fondo non era così per tutti? Non era forse impossibile dominare la bestia? No, non era impossibile. C'erano uomini e donne che vivevano rinchiusi nella cella di un monastero per tutta la vita, magari perseguitati dalle tentazioni e a volte addirittura cedendo, ma senza mai ritornare sulla propria decisione. Allora era possibile, la bestia poteva essere domata. Se anche un solo uomo ce l'aveva fatta, potevano farcela tutti. Perché lui no? Perché aveva bisogno di andarsi a cercare una puttana? Ma non era solo questo pensiero a tormentarlo... Cos'è che voleva dalla ragazzina di piazza D'Azeglio? Perché non la lasciava in pace? Ma no, no... Che diavolo stava dicendo? Voleva solo diventare suo amico, poterle dare dei consigli... Le avrebbe fatto capire che i ragazzi erano tutti dei maiali senza cervello, le avrebbe detto di non dare via il suo tesoro con troppa leggerezza... Sarebbe stato bellissimo! Lei che lo ascoltava a bocca aperta, incantata come una bambina che segue il racconto di una fiaba... E lo ringraziava, gli diceva che lui le aveva insegnato un sacco di cose importanti che da sola non sarebbe mai arrivata a capire... Perché non poteva succedere davvero? Come mai doveva essere per forza impossibile? Nel mondo succedevano ogni giorno cose molto più strane di questa... Era sbagliato credere che...

Continuò a pensare a ruota libera, ingarbugliandosi sempre di più.

Da quanto tempo stava suonando il campanello? Accese la luce e guardò la sveglia. Le dieci e venti. Che strano, di solito alle sette era già sveglio. Gli sembrava di avere la testa piena di segatura. Quel maledetto campanello continuava a suonare, sempre più isterico. Si vestì in fretta, bestemmiando. Aveva le gambe frolle, e un paio di volte rischiò di ricadere sul letto. Finalmente andò ad aprire e si affacciò alla tromba delle scale.

«Chi è?» Lo sapeva benissimo che era la rumena. Lasciò la porta accostata e si rifugiò in bagno, evitando di guardarsi allo specchio. Mentre si asciugava la faccia sentì sbattere la porta d'ingresso. Tese l'orecchio, ma non sentiva più nulla. Socchiuse la porta del bagno, senza affacciarsi.

«Lucia, è lei?»

«No, sono diavolo nero» disse la rumena, affannata come sempre per colpa delle scale.

«Arrivo subito. Può cominciare dalla cucina.» Gli era tremata un po' la voce, forse per via del cuore che batteva svelto. Chiuse a chiave la porta del bagno. Sentir nominare il diavolo lo aveva impressionato... Che stupidaggine! Ma ormai il suo umore si era velato di apprensione. Si lavò i denti e sputò nel lavandino una saliva amara e collosa. Per tagliarsi la barba fu costretto a vedersi nello specchio. Aveva la faccia gonfia e gommosa, gli occhi infossati, lo sguardo da vecchia zitella. Cercò di pensare a qualcosa di bello... Ancora qualche ora e avrebbe rivisto la ragazzina. Sarebbe arrivata da sola o insieme a quel biondo che sembrava una scimmia? O magari con un altro? Si pettinò e uscì dal bagno. Appena la rumena lo vide, smise di spazzare.

«Oggi lei ha brutta faccia.»

«Ho dormito male...»

«Vecchi dorme sempre male.»

«Dormo benissimo... Mi può fare un caffè?»

Uscì a piedi poco prima delle undici. Attraversò la passerella della ferrovia e andò fino alla caserma dei carabinieri di viale dei Mille, per fare la denuncia di smarrimento. C'era la coda, e si mise ad aspettare seduto su una panca.

Finalmente toccò a lui. A un carabiniere di vent'anni dichiarò di aver perso il portafogli, e gli mostrò le fotocopie dei vari documenti. Firmò tre copie della denuncia e gliene consegnarono una.

Appena uscì fuori si accorse di essere sudato. Tutte quelle domande... Nome? Cognome? Anno di nascita? Residenza? Professione? Stato civile? Dove ha smarrito il portafogli?... Come sarebbe *dove ha smarrito il portafogli*? Se lo avesse saputo non lo avrebbe smarrito, porcaccia miseria. Ma il carabiniere intendeva... Sull'autobus? Per la strada? Al mare? Senza pensarci troppo aveva risposto *Sull'autobus*. Il ragazzino in divisa gli aveva chiesto su quale linea e più o meno a che ora.

«Ieri pomeriggio, sul 6 A.» L'autobus che aveva preso ogni mattina per anni, quando attraversava la città per andare a lavorare. A un certo punto era arrivato anche il maresciallo, cinquant'anni, la faccia da cane e due ciuffi neri che gli spuntavano dalle orecchie. Si era appoggiato alla scrivania e si era messo a fissarlo. Davanti a quegli occhi piccoli e freddi si era sentito a disagio. A un certo punto si era addirittura spaventato, pensando che il maresciallo sapesse che lui mentiva, che il portafogli glielo aveva rubato una prostituta slava a Montecatini... o magari sapeva addirittura che quel vecchio bugiardo del ragionier Rossi andava ogni mattina a sedersi su una panchina di piazza D'Azeglio per...

Lei quel giorno sarebbe arrivata da sola?

All'una meno venti si lasciò andare sulla panchina, e aprì il giornale. Era teso, non riusciva a leggere nemmeno una frase. Sulla stessa panchina venne a sedersi una donna grassottella, con lo sguardo arrendevole. Posò ai suoi piedi due grandi sacchetti della spesa e si mise a guardare nel vuoto, con le mani abbandonate sulle gambe. Mario la sbirciava. Era un'immagine così triste che lo faceva sentire a disagio.

I minuti passavano lenti. L'aria era tiepida, immobile, carica di pollini. Gli sembrava di aver bevuto una grappa a stomaco vuoto, e percepiva con chiarezza il pulsare delle vene sulle tempie. Ogni tanto lanciava un'occhiata alla grassottella seduta all'altro capo della panchina. Sui quarantacinque anni, capelli corti e ricci, naso a porcellino... Nemmeno a quindici anni doveva essere stata bella. Senza volerlo si ritrovò a immaginare la sua vita, la sua casa, il suo letto... A cosa pensava quando spegneva la luce? Dormiva da sola? Quale uomo poteva desiderare una donna così? Le donne belle trovavano sempre il modo di cavarsela, invece le brutte come lei dovevano affrontare la vita con lo stesso coraggio di chi scala una montagna. A quanto pareva per gli uomini era diverso, anche i più brutti potevano piacere. Quante volte aveva incrociato per strada una bella ragazza abbracciata a una specie di mostro? E addirittura uomini più che maturi con donne giovanissime. A Roma aveva visto un tipo elegante sui sessant'anni sbaciucchiarsi con una bellissima ragazza che non arrivava ai venticinque. E non si poteva certo dire che fosse bello, porcaccia miseria. Aveva dei bei vestiti da riccone, tutto qui. Un'altra volta in pizzeria aveva visto un vecchio bacucco accanto a una...

«Ragioniere!» Un ometto pelato si era fermato davanti alla panchina. Aveva le guance flosce e un paio di occhiali con la montatura spessa. Mario lo guardava, ma non capiva chi fosse.

«Non mi riconosce? Sono Landoni.»

«Mi scusi, ma...»

«Landoni Maurizio, geometra del catasto. Ci siamo conosciuti quattro anni fa, sul traghetto per l'isola d'Elba. C'era anche la mia signora, non si ricorda? Sono quello che aiutava sua moglie a fare le parole crociate.» Si era seduto tra lui e la donna con la spesa.

«Ah... certo...» Ora si ricordava di lui. Durante la traversata, oltre ad aiutare Lella a fare le parole crociate, non aveva smesso un minuto di parlare. Un grandissimo rompicoglioni.

«Come sta, ragioniere? E sua moglie?»

«È morta qualche mese fa.» Lo disse con la massima indifferenza, ripiegando il giornale.

«Oh, sapesse quanto mi dispiace... Com'è successo?»

«Trombosi.»

«Mi dispiace davvero tanto, sua moglie era così simpatica. Se mi dice in che cimitero è seppellita andrei volentieri a farle un saluto.»

«Le Sante Marie di Impruneta.» Parlando con quell'ometto noioso poteva controllare l'angolo di via Alfieri senza dover fingere di leggere.

«E adesso caro ragioniere, che farà tutto solo? Non dev'essere bello stare da soli... Ma che si deve fare? Ognuno ha le sue disgrazie. La mia signora è stata operata al cuore, le hanno messo tre bypass. Ma ora sta bene. Oddio, proprio bene bene non si può dire. Ha dei dolori alla schiena che non la fanno dormire... E poi non digerisce bene. A volte le vengono delle coliche improvvise e deve correre in bagno... Ma che si deve fare? Si tira avanti. E lei? Sta ancora lavorando? Io sono andato in pensione quasi due anni fa. Devo dire che è stato triste... Una questione di abitudini... Da un giorno all'altro ti ritrovi a disposizione tutto quel tempo e...»

La signora con la spesa si alzò sorridendo, e andò incontro a un uomo alto e magro che le prese i sacchetti dalle mani. Non era nemmeno troppo brutto. Un bacino sulla bocca e si avviarono insieme verso il centro. Sembravano felici.

Landoni non aveva perso il vizio di parlare a ruota libera.

«...Comunque non mi lamento... Ho sette nipotini, tre di mia figlia Valeria, due di Alberta e altri due di Luigi. Vado a trovarli quasi tutti i giorni. Il più grande ha undici anni, e la più piccola sei... Quella sì che è una peste, si chiama Mirella. Corre di qua e di là come un leprotto. Una settimana fa è caduta e si è rotta un dentino, ma tanto sono quelli di latte. Quando ride si vede un buco nero, è buffissima...»

Mario osservava il geometra, sforzandosi di non apparire annoiato. Landoni era davvero brutto. In confronto, lui era Gary Cooper. Eppure nemmeno Landoni era rimasto solo. Si era sposato e aveva avuto dei figli.

«Suo fratello invece è un pacioccone, si chiama Cosimo. Ha quasi otto anni, e fa già un sacco di domande...»

Dall'angolo di via Alfieri apparve la ragazzina tutta sola, e in quel momento Mario si accorse che la piazza era inondata di sole. Lanciandole brevi occhiate la vedeva avanzare verso il giardino, con il suo passo da animaletto del bosco e la minigonna che le sbatteva sulle cosce. Strinse i denti. Se quel rompicoglioni di Landoni non se ne andava...

«Meno male che nessuno dei miei figli si è separato, con i tempi che corrono sembra quasi un miracolo. I figli dei nostri amici sono quasi tutti separati, e alla fine sono sempre i bambini a rimetterci... Ma che si deve fare? Si sta alla sorte. Non le ho detto che anche io ho avuto un problemino di salute...»

La ragazzina si era seduta su una panchina lontana, e stava scrivendo un messaggio con il cellulare.

«... Una piccola operazione, non mi hanno nemmeno fatto l'anestesia totale, e dopo due giorni ero già a casa. La cicatrice quasi non si vede. Sento solo delle fitte quando sta per nevicare, ma non è un gran fastidio, e poi qua da noi la neve si vede poco...»

La ragazzina aveva inviato il messaggio, e aspettando la risposta si guardava intorno con aria impaziente. Apriva e chiudeva le gambe con innocenza, senza rendersi conto che...

«Senta ragioniere, perché una sera non viene a cena da noi? Ci farebbe un gran piacere. Le lascio il mio numero... Ha una penna?»

«No...» Invece ce l'aveva.

«Mamma mia, guarda che ore sono. Devo proprio andare, mia figlia si starà domandando dove sono finito. Non ho nemmeno il telefonino, non vorrei che si preoccupasse...»

La ragazzina ricevette un messaggio, lo lesse e le scappò un sorriso. Cosa le avevano scritto? E chi? Un'amichetta o un ragazzo?

«Comunque il mio numero lo trova sull'elenco, Landoni Maurizio, via Pisana...»

La ragazzina stava di nuovo schiacciando i tasti del cellulare, con il sorriso negli occhi.

«Chiami quando vuole, ci farebbe davvero contenti se una sera venisse a cena. Basta che non sia di domenica, perché siamo tutto il giorno dai figli...»

Passarono due ragazzotti vestiti quasi uguali, con quelle scarpe gommose che fanno i piedi enormi. Camminavano come pugili. Videro la ragazzina e andarono a sedersi accanto a lei, uno di qua e uno di là. Le dicevano qualcosa, allungando anche un po' le mani. Lei si alzò di scatto, scocciata, ma i due ragazzi la presero per le braccia ridacchiando e la rimisero a sedere. Mario staccò appena la schiena dalla panchina, cercando di rimanere impassibile. Non voleva che quel rompicoglioni di Landoni si accorgesse di qualcosa e si voltasse... Ma non aveva detto di essere in ritardo? Cosa aspettava a togliersi dai piedi? Come se avesse letto nei suoi pensieri, Landoni si alzò e gli tese la mano.

«Sono stato proprio contento di rivederla... Mi dispiace tanto per sua moglie, ma che si deve fare? Così va il mondo. Mi raccomando, telefoni. Mia moglie è una brava cuoca. E dopo cena le faccio assaggiare un vin santo coi fiocchi che fa un contadino di San Casciano... Allora promesso? Bene... Mi raccomando, aspetto presto una sua telefonata... Arrivederci... Arrivederci...» Se ne andò, finalmente.

Uno dei bulli aveva preso il cellulare alla ragazzina e cercava di leggere i suoi messaggi. Lei riuscì a strappargielo di mano, ma nel frattempo l'altro le aveva preso lo zainetto e ci stava frugando dentro. La ragazzina cercava di riprenderlo, ma il maiale allungava una mano verso le sue gambe e lei saltava all'indietro. Perché nessuno faceva nulla? Non vedevano quello che stava succedendo? E lui? Come mai non riusciva a muoversi? No, questa volta non sarebbe rimasto a guardare, non avrebbe permesso che il brutto cane azzannasse il gattino. Si alzò e cominciò a camminare verso di loro. Brutto cane, brutto cane. Ora ci penso io...

«Che succede qua?» Gli era uscita una voce acuta, che fece sorridere i ragazzi.

«Che cazzo vuoi, nonno? Vai a dormire, che la passera ti fa male.»

La ragazzina lo guardava speranzosa, e lui doveva difenderla a tutti i costi dal brutto cagnaccio. Immaginò di avere la faccia di Humphrey Bogart.

«Sono un maresciallo dei carabinieri...»

«E allora?»

«Se non sparite immediatamente vi faccio sbattere in galera.»

Silenzio di riflessione... Forse quei due scemi non ci credevano, che lui fosse un maresciallo? Bene. Tirò fuori il cellulare e finse di fare un numero a tre cifre. Aspettò qualche secondo, mentre i teppistelli lo guardavano con aria perplessa.

«Maresciallo Rossi. Mandate subito una macchina in

piazza D'Azeglio, fate presto.» Riattaccò, sbirciando la ragazzina con la coda dell'occhio. I due imbecilli si scambiavano occhiate per farsi coraggio. Non volevano fare la figura dei fifoni. A un tratto, in lontananza, per puro caso, si sentì una sirena... Sembrava un segno del destino. I vigliacchi scapparono via borbottando bestemmie, seguiti dallo sguardo severo del maresciallo. Ci era riuscito, li aveva mandati via. Aveva salvato il gattino...

«Grazie» disse la ragazzina. Aveva già lo zainetto agganciato alla spalla, e nei suoi occhi era rimasta come un'ombra.

«Dovere, signorina.»

«Non è mica la prima volta che rompono, quei due.»

«Ah, no?» Aveva la fronte sudata, e velocemente ci passò sopra il fazzoletto. Chissà se lei lo aveva riconosciuto. Forse no. Quel giorno che l'aveva affiancata al semaforo lei era triste, e figuriamoci se...

«Sono di scuola mia.»

«Sono due cafoni.»

«Sono due stronzi.» La sirena passò sui viali, e si allontanò verso piazza della Libertà.

«Come ti chiami?»

«Ippolita.»

«Un bellissimo nome. Io mi chiamo Mario.»

«Ok.»

«Lo sai chi era Ippolita?»

«Cioè?»

«Era la regina delle Amazzoni.» Da ragazzo aveva letto i classici greci, e anche qualche tragedia.

«Ah, quella roba degli antichi...»

«Si chiama mitologia... Vuoi che ti accompagni a casa?» Quella domanda gli era uscita da sola, senza passare dalla ragione.

«Grazie, forse è meglio. Non vorrei che quei due tamarri...»

«Ma certo.» S'incamminarono senza fretta, sotto le grandi chiome degli alberi dorate dal sole.

«È vero che lei è un poliziotto?»

«Carabiniere. Sono maresciallo.» Non aveva pensato nemmeno per un istante di dire la verità. Era per lei che mentiva. Non voleva deluderla. Essere salvati da un ragioniere non sarebbe stata la stessa cosa... E se lui non fosse stato un carabiniere, la ragazzina si sarebbe fidata?

«Oggi non ha la divisa?»

«Sono in pensione, ma noi dell'Arma non smettiamo mai di essere in servizio.» Teneva le mani allacciate dietro la schiena, avanzando con passo elegante. In quel momento si sentiva un vero maresciallo. Non riusciva a crederci... Stava camminando a fianco di quella bellissima creatura, come aveva sempre desiderato e perfino immaginato. Purtroppo non poteva guardarla come e quanto voleva, come minimo sarebbe apparso indiscreto. Quante volte aveva già percorso la stessa strada, con gli occhi fissi su di lei? Aveva quasi nostalgia di quei momenti senza speranza... O forse aveva solo paura. Paura che lei intuisse i suoi pensieri. Era già passato un minuto, e nessuno dei due aveva più aperto bocca... Non avevano più nulla da dirsi?

«Vai bene a scuola?»

«Che palle la scuola.»

«Non ti piace studiare?» Che domande da vecchio. Si sforzava di sorridere, e quando c'era un ostacolo sul marciapiede le cedeva il passo. Chi li vedeva poteva benissimo pensare che lui fosse il nonno.

Erano già in via della Robbia. E poi? Cosa sarebbe successo? Avrebbe avuto il coraggio di dirle qualcosa per cercare di...

«Soprattutto la Storia, mi fa palle.»

«È importante, la Storia.» Ma che stava dicendo? Se non trovava qualcosa di meglio, lei lo avrebbe considerato un vecchio carabiniere noioso. Voltarono in via Giambologna, e dopo pochi passi attraversarono la strada.

«Sono arrivata.» Il tono era quello di un addio indifferente. Mario si mordeva le guance. Ancora pochi secondi, e se non riusciva a inventarsi qualcosa... La ragazzina aveva già suonato il campanello, non era più possibile aspettare...

«Ti lascio il mio numero? Così se qualcuno ti dà fastidio mi chiami.» Era diventato pazzo? In quel modo rischiava di spaventarla... Invece no. Lei frugò nello zainetto e prese il cellulare.

«Va bene...»

«Tre tre tre... sei nove quattro...» Si sentì lo scatto del portone. Lei finì di digitare il numero e lo salvò. Forse al posto del nome aveva scritto *Carabiniere*.

«Prova a telefonarmi, per vedere se l'hai scritto giusto» disse Mario, con il cellulare in mano. Non stava esagerando? La ragazzina lo chiamò senza alcun problema, e lui vide apparire il numero sullo schermo.

«Benissimo. Se qualcuno ti disturba non esitare a chiamarmi.» Sudava. Adesso aveva il suo numero... Non l'avrebbe mai usato, figuriamoci. Ma sapere di averlo...

«Ciao...» disse la ragazzina spingendo il portone, e un secondo dopo non c'era più.

Alle tre e mezzo era già al circolo ricreativo. Con quel sole, i pensionati si erano radunati nel cortiletto per giocare a bocce. Comunque andasse il tiro, c'era sempre qualcuno che bestemmiava. Dall'interno arrivavano i suoni isterici dei videogiochi.

Mario si sentiva come sdoppiato. Una parte di lui era lì a giocare con aria tranquilla, l'altra era in un pozzo profondo. Come mai non riusciva a trovare un po' di serenità?

«Rossi, vuoi giocare?»

«Ora no...»

Seduto su una sedia accanto alla pista c'era un tipo sui sessantacinque, con gli occhiali spessi. Era vedovo da quasi tre anni. Aveva la testa schiacciata sul dietro e l'aria un po' idiota. Mario lo aveva incrociato un paio di volte, ma non ci aveva mai parlato. Non gli stava per niente simpatico. Dalle battute degli altri capì che non veniva al circolo da un pezzo. Era una specie di mostro. Nei rari momenti in cui non parlava teneva la bocca mezza aperta, e aveva sempre un filo di bava tra le labbra... Eppure anche quel coglione aveva una donna, almeno così diceva. Una brasiliana molto più giovane di lui, una bella brasiliana di trentasette anni. Era arrivata da poco in Italia con una figlia piccola, e lui le aveva prese in casa. Poi si sa, quando un uomo e una donna vivono sotto lo stesso tetto... e ridacchiava, mimando il resto con gesti volgari. Erano tutti convinti che raccontasse balle e lo prendevano in giro, ma lui non se ne preoccupava.

Dopo un paio d'ore il gruppetto si spostò nei locali del circolo. In quattro si misero a giocare a scopa, seduti a un tavolino tondo di formica rossa. Gli altri si erano sistemati là intorno per commentare la partita. Mario era silenzioso, e quando gli rivolgevano la parola rispondeva con dei grugniti. Si guardava intorno... La stanza era stata imbiancata di fresco, ma proprio per questo aveva un'aria ancora più desolante. Le finestre erano aperte, con gli avvolgibili scortecciati chiusi a metà. Il pavimento di graniglia dava un'idea di sporco. Cosa ci faceva in un posto del genere in compagnia di una banda di vecchi? Cosa aspettava a partire per Parigi?

Poco prima delle sette si affacciò alla porta una donna scura di pelle, tenendo per mano una bambina più scura di lei, e senza entrare nella stanza salutò con un cenno il vecchio con gli occhiali spessi. Lui si alzò con un ghigno.

«Vado a giocare a scopa senza carte» mormorò. Un'ultima occhiata agli invidiosi e se ne andò sottobraccio alla brasiliana, lasciando tutti a bocca aperta. Cominciarono subito i borbottii... Un vero maiale... Approfittarsi così di una donna sola... È ovvio che lei lo fa per mangiare... Hai visto che occhi tristi... E quella povera bambina... Però mica male la brasiliana... Non la butterei certo fuori dal letto... Io ci butterei mia moglie, fuori dal letto... Io fuori dalla finestra... Se ce l'avessi io una così... Una come mia moglie?... Sì, come no... Certo che la brasiliana... Ma finiscila, sei un porco...

Mario salutò la ciurma con un cenno e se ne andò. Vedendo la brasiliana insieme a quel mostro non aveva provato nessuna invidia, ma solo tristezza. Che ne sapevano quei vecchiacci delle cose veramente belle che la vita poteva offrire?

Arrivò a casa mordendosi le labbra. Scaldò la cena, stappò una bottiglia di vino e andò a mangiare davanti al telegiornale. Ogni tanto sbirciava il posto dove per anni si era seduta sua moglie. La vedeva quasi, Lella, con il suo sguardo mite e il sorriso di chi è nato per sopportare.

Dopo cena fece le stesse cose di sempre. Entrò in salotto, accese la piccola lampada sul mobile, spense la luce centrale e si lasciò andare sul divano. La grappa accanto e il televisore acceso. Gli faceva bene ritrovare ogni sera quei minimi piaceri nella penombra del salotto.

Si fermò su un canale dove cinque o sei persone sedute in poltrona discutevano di un fattaccio successo in quei giorni. In un liceo di Roma un paio di ragazzi avevano picchiato un compagno di classe affetto dalla sindrome di Down, qualcuno aveva ripreso la scena con il cellulare e il filmato era finito su internet. Gli invitati parlavano della gioventù di oggi che non aveva più valori, che andava alla deriva... I genitori troppo permissivi, la famiglia che non trasmetteva più i sani principi di una volta, la responsabilità della scuola... Ma che cazzo stavano dicendo? Accese una sigaretta e aspirò forte. Se tre ragazzi imbecilli prendevano a botte un down, ecco che l'intera gioventù era perduta. Puttanate. Tre imbecilli erano tre imbecilli... Altro che espulsione dalla scuola, calci nel culo e poi ancora calci nel culo, ecco cosa ci voleva...

Si riempì di nuovo il bicchiere. Gli girava piacevolmente la testa, e sentiva friggere dentro una specie di euforia. Gli sembrava di essere più lucido che mai. Quei tromboni in tv continuavano a parlare a vanvera, si toglievano la parola a vicenda pur di dire una nuova coglionata. Per non guastarsi il fegato fece un giro tra i canali. Lasciò la pubblicità. Era la cosa più rilassante, con le sue bugie così chiare...

A un tratto si vide da fuori, seduto su quel divano con il bicchiere in mano. Un vecchio malinconico che si teneva tutto dentro. Si rese conto di non avere amici. Non esisteva sulla faccia della terra una sola persona a cui avrebbe potuto confessare i suoi segreti... Ad esempio il sentimento che provava per la ragazzina con la bocca rossa. Forse lui lo sapeva? Se almeno avesse potuto parlarne con qualcuno... Ma con chi? E cosa avrebbe potuto dire?

Azzerò il volume del televisore e immaginò di avere davanti un amico, un carissimo amico. E fissandolo negli occhi si mise a parlare a voce alta, cercando di spiegargli quello che gli era successo...

«Una mattina sono passato per caso da piazza D'Azeglio e ho visto...» Si fermò subito. La sua voce che risuonava nella stanza mezza buia gli aveva fatto paura. C'era un pensiero che lo tormentava... Ora che la ragazzina lo conosceva, come sarebbero andate le cose? Se lei lo avesse trovato tutti i giorni in piazza D'Azeglio, cosa avrebbe pensato? Si sarebbe insospettita? E se invece le avesse fatto piacere? Se lo avesse salutato tranquillamente? Magari ogni tanto si sarebbe addirittura fermata a parlare con lui... Poco a poco sarebbero entrati in confidenza, sarebbero diventati amici, avrebbero scherzato... E lui un giorno le avrebbe raccontato la verità. Tra amici essere sinceri è importante. Non le avrebbe nascosto nulla... Macché maresciallo, dalla prima volta che ti ho vista, non so come... Insomma erano già diversi giorni che a quell'ora... Avrebbero riso insieme dei suoi appostamenti. Benedetti quei due tamarri, se non ci fossero stati loro... Vedi che non tutto il male... La loro amicizia sarebbe diventata sempre più bella, più profonda... E nessuno avrebbe potuto danneggiarla...

All'improvviso si rese conto di tutto! Porcaccia miseria, ma cosa gli stava succedendo? Era tutto così ridicolo... Ormai le sue giornate ruotavano intorno a una ragazzina. Com'era possibile restare invischiati in una simile tela di ragno? Doveva uscirne a qualsiasi costo, doveva liberarsi da quella schiavitù. Sentiva il bisogno di vivere grandi cose, di prendere decisioni importanti... Voleva guardarsi allo specchio e pensare: *sei un uomo eccezionale*. Dipendeva da lui, soltanto da lui. La vita che stava vivendo non aveva alcun senso. Vecchio scemo. Avrebbe dovuto capirlo subito... ma era meglio tardi che mai. Era arrivato il momento di dimostrare a se stesso di avere i coglioni! Mordendosi le labbra decise che... che non sarebbe mai più tornato in piazza D'Azeglio. Pronunciò la frase a voce alta.

«Non andrò mai più in piazza D'Azeglio.» Ecco, lo aveva detto. Si sentiva bene, benissimo. Aveva preso una decisione importante, forse la più importante della sua vita.

Doveva partire per Parigi. Bastava solo chiarire la faccenda con i figli, comprare il biglietto e fare la valigia. Un biglietto di sola andata. Forse non sarebbe mai più tornato. Immaginava Parigi e sentiva un formicolio nello stomaco. A Parigi avrebbe dimenticato la bella ragazzina in pochi giorni. Una città immensa con le strade piene di gente anche di notte, una città dove le donne belle erano una cosa normale, come le mosche in una stalla... Quel paragone lo fece sorridere.

Vuotò nel bicchiere l'ultimo goccio di grappa rimasto

nella bottiglia. Ne aveva un'altra nell'armadietto a vetri, non rimaneva mai senza.

Prese il cellulare e scrisse un messaggio, *Parto per Parigi la prossima settimana. Addio. Il tuo amico maresciallo.* Lo rilesse più volte, poi lo cancellò e buttò il telefono sul tavolino. Non le avrebbe scritto nessun messaggio. Sarebbe sparito senza lasciare tracce, come gli eroi del cinema. Anzi, lui era ancora più eroico. Lui non aveva spettatori pronti a commuoversi di fronte alle sue imprese... Mario Rossi era davvero solo, senza nessuno che potesse ammirarlo. Ma non gl'importava. La ragazzina non avrebbe mai saputo la verità, nessuno l'avrebbe mai saputa. Era un segreto, e sarebbe stato seppellito insieme a lui.

Aveva bisogno di bere un altro bicchiere, solo uno. Attraversò la stanza barcollando e andò a prendere l'altra bottiglia nella vetrinetta. L'idea di sparire lo esaltava. Finalmente una decisione da uomo. Tornò a sedere e si riempì il bicchiere fino all'orlo. La ragazzina non si sarebbe nemmeno accorta che lui se n'era andato, ma questo non faceva nessuna differenza. Gli bastava la propria consapevolezza.

Fissava le figure mute che si muovevano sullo schermo. Doveva essere appena cominciato un film. Si vedeva un grande magazzino, e una bella donna che girellava nel reparto di abbigliamento intimo...

Si ricordò di una volta che era andato alla Upim con sua moglie. Erano sposati da poco, i figli non c'erano ancora. Lei voleva comprarsi una gonna per l'inverno, e aveva insistito perché lui l'accompagnasse. C'era una commessa bruna con gli occhi vispi e le forme al posto giusto. Una bella ragazza, insomma. Lui la sbirciava di nascosto, convinto che sua moglie non se ne fosse accorta. Uscendo dal magazzino Lella si era aggrappata al suo braccio.

«*Ti piaceva?*»

«*Di che parli?*»

«*In effetti era molto carina.*»

«*Ma chi?*»

«*La commessa...*»

«*Quale commessa?*»

«*La morettina.*»

«*Ma quale?*»

Si alzò dal divano, e con il passo incerto degli ubriachi andò in bagno. Era arrivato di nuovo il momento di tagliarsi i baffi. Questa volta per sempre. La sua decisione di non rivedere più la ragazzina segnava una svolta. Gli sembrava di aver superato una prova.

Come l'altra volta si spuntò prima i baffi con le forbicine da unghie, riempiendo il lavandino di peli corti e ispidi. S'insaponò la faccia, e con la mano un po' tremante ci passò sopra il rasoio, tagliandosi più volte. Quel sangue gli sembrò normale, anzi necessario.

Ormai pensare a Parigi gli dava quasi le vertigini. Sarebbe veramente riuscito ad andarci? E cosa avrebbe fatto tutto il giorno, a Parigi? Forse si sarebbe sentito ancora più solo, ma non aveva importanza. Ci sarebbe andato ugualmente, per dimostrare a se stesso che era diventato un uomo. E poi non era esatto dire che si sentiva solo. Si sciacquò il viso, si asciugò. Mise un po' di dopobarba in una mano e se la passò sulle guance, gustandosi il bruciore sulla pelle. Finalmente la faccia che vedeva dentro lo specchio gli piaceva. Sì, gli piaceva moltissimo. Era quella di un uomo forte e giusto. Aveva preso una grande decisione e non ci sarebbe mai più tornato sopra. Non era più un uomo che si era tagliato i baffi, era un uomo senza baffi... Barcollò, e per non cadere si aggrappò al lavandino. No, non si sentiva solo. Un po' confuso, forse, ma non *solo*. Aveva soltanto bisogno di trovare un motivo per alzarsi la mattina... Tutte quelle balle sulla saggezza dei vecchi, porcaccia miseria. Mica perché uno era vecchio doveva essere per forza saggio. Conosceva un sacco di vecchi e nessuno gli era sembrato saggio. E lui? Era forse diventato saggio?

Tornò in salotto e andò a fumare una sigaretta affacciato alla finestra. Una bella notte, con l'aria fresca e una luna sottile come un'unghiata. Guardava i tetti, soffiando il fumo verso il cielo. Pensieri di ogni genere gli attraversavano la mente, pensieri stanchi, quasi tutti già pensati molte altre volte. Si vedeva chino sulle fatture, la penna in mano e le mezze maniche. Si era seduto a quella scrivania a diciannove anni, e quando si era alzato ne aveva sessantadue. Era diventato saggio, per questo? I giovani avrebbero potuto imparare qualcosa da lui? Gettò la cicca nel vuoto e come sempre la seguì con lo sguardo, aspettando che la brace si schiantasse sull'asfalto con una piccola esplosione di scintille.

Nello stesso istante in cui premette il campanello, si pentì di aver accettato l'invito. E pensare che era stato proprio lui a telefonare, a mettersi in quella situazione. Era quasi tentato di scappare via, ma appena sentì lo scatto del portone capì che sarebbe rimasto. Già se lo immaginava. Avrebbe passato una serata noiosa in compagnia di due perfetti sconosciuti. Tre vecchi malinconici che non avevano nulla da dirsi. Avrebbero parlato del più e del meno, avvolti da un leggero imbarazzo.

Entrò nell'ascensore e spinse il bottone del quarto piano. Non era ancora entrato in quella casa e già non vedeva l'ora di uscirne. Faceva ancora in tempo ad andarsene, ma sapeva che non l'avrebbe fatto. Gli sembrava quasi di dover superare una prova, per dimostrare ancora una volta che poteva andare contro i propri desideri.

Aveva passato la mattina ad affannarsi dietro al nulla, fingendo con se stesso di poter guidare i pensieri a piacimento. Dopo pranzo, in salotto, seduto sul divano, aveva pensato che non voleva passare la sera da solo. Ma non sarebbe andato a Montecatini, avrebbe resistito. Voleva fare una cosa diversa, una qualsiasi. Qualcosa che riuscisse a distrarlo, e a quel punto gli era tornato in mente l'invito di Landoni. Senza riflettere aveva cercato il numero sull'elenco e aveva chiamato. Landoni lo aveva invitato a cena per quella sera stessa, e lui aveva accettato. Perché non era andato al cinema da solo?

Quando uscì dall'ascensore trovò il geometra sul pianerottolo, in pantofole, con il sorriso sulle labbra. Non poteva più tornare indietro. Landoni lo accolse come un vecchio amico, e gli disse che senza baffi aveva un'aria più giovane.

La casa era semplice, pulita, con i quadretti attaccati alle pareti. Nell'aria si sentiva un buon odore di cucina. Mario strinse la mano alla signora, e lei con un sorriso gentile mormorò il suo dolore per la morte della signora Gisella. Mario fece un viso sconsolato, e ringraziò.

Si sedettero a tavola in un tinello senza pretese, ma piacevole come tutto il resto. Cominciarono a mangiare. I Landoni non erano per niente malinconici. Gli facevano domande, ascoltavano volentieri i suoi racconti. Avevano lo sguardo sereno e si scambiavano occhiate d'intesa come due ragazzini innamorati. Lui e Lella non erano mai stati così, forse nemmeno da fidanzati. Dimostrare un certo distacco, una specie di leggera insofferenza nei confronti della propria moglie gli era sempre sembrata una cosa normale, una cosa da uomini. Le donne erano fragili e amavano essere sottomesse, glielo aveva insegnato suo padre. Anche se a volte poteva capitare che un uomo senza midollo si lasciasse mettere i piedi in testa dalla moglie. Non aveva mai pensato a una terza possibilità, e invece adesso ce l'aveva davanti agli occhi. La signora Landoni non comandava su nessuno, ma non era nemmeno sottomessa. Lei e suo marito erano, come dire... sullo stesso piano.

«Vuole ancora un po' di pollo?»

«Non si è ancora abituata a darmi del tu?»

«Nemmeno lei, a quanto pare.» C'era un clima piacevole in quella casa, doveva ammetterlo. Anche i muri sembravano emanare un calore accogliente. Telefonò una delle figlie dei Landoni, e Mario sentì nel tono della signora Landoni una dolcezza che gli ricordò sua moglie quando parlava con Simona o con Francesco.

Dopo cena Landoni mantenne la sua promessa, e portò in tavola la bottiglia di vin santo. Era davvero magnifico. Un bicchierino dopo l'altro, i discorsi diventarono più leggeri. Ci scappò anche qualche confidenza inaspettata. Mario si sentiva tranquillo, rilassato. Non gli succedeva da un sacco di tempo. Landoni non era per niente un rompicoglioni, anzi era addirittura simpatico. Non se lo sarebbe mai aspettato. Parlava molto, è vero, ma diceva cose interessanti e si faceva ascoltare con piacere. Sua moglie era l'immagine della serenità, ma non si lasciava mai sfuggire l'occasione di prendere teneramente in giro il marito. Fece anche una battuta sulle sue *pretese matrimoniali*, che a volte si facevano davvero insistenti. Landoni rideva come un ragazzino, rosso in viso.

Quando Mario accennò al suo imminente viaggio a Parigi, i Landoni lo guardarono con gioia e anche con una certa ammirazione, e lui si sentì orgoglioso. Era bello poter parlare di certe cose senza trovarsi davanti occhi stupefatti. Cosa avrebbe detto Simona di quel viaggio a Parigi? E Francesco? In fondo non gl'importava. L'unica cosa sicura era che lui sarebbe partito presto. Biglietto di sola andata.

Quando vide la signora Landoni soffocare a stento uno sbadiglio era già mezzanotte passata, e pensò che era arrivato il momento di togliere il disturbo. Il tempo era volato. Approfittando di una pausa di silenzio si alzò in piedi e annunciò che la stanchezza lo chiamava verso casa. Gli era uscita una voce addolorata, e si affrettò a sorridere. Chissà quale pudore gli impediva di confessare quanto era stato bene in loro compagnia. Ringraziò per la bella serata, e salutando la signora sulla porta accennò addirittura un baciamano. Landoni lo accompagnò all'ascensore, e gli strappò una promessa: prima di partire per Parigi sarebbe tornato a trovarli.

«È un vero piacere parlare con lei, ragioniere...»

«Grazie di nuovo. Buonanotte.»

Appena si trovò da solo sul marciapiede, il suo umore cominciò a cambiare. Si sentiva la faccia imbronciata, la bocca dura, incapace di sorridere. Stava tornando quello di prima. Se solo avesse potuto portarsi dietro un po' della serenità di quella casa...

La macchina era fredda e vuota, e il rumore del motore aveva qualcosa di ostile. Sui viali c'era ancora traffico. Accese la radio sul canale di musica classica e alzò il volume. Ai semafori spiava le donne dentro le macchine. Se una ricambiava lo sguardo arrossiva, pensando di aver fatto colpo. Senza baffi sembrava più giovane, glielo aveva detto anche Landoni.

Accanto al finestrino si fermò un immigrato dalla pelle scura a chiedere soldi, e lui finse di non vederlo. Chissà come mai quella sera si vergognava di essere comodamente seduto nella sua macchina ad ascoltare musica immortale, mentre a un passo da lui un disgraziato si umiliava per pochi spiccioli. Quando scattò il verde partì con un sospiro di sollievo, sbirciando nello specchietto il poveraccio che tornava accanto al semaforo.

Parcheggiò la macchina in garage e salì in casa. Ogni volta che metteva piede nell'ingresso sentiva nel naso quell'odore familiare, inconfondibile, che non avrebbe saputo definire a parole. Non era solo un odore, era una ragnatela che lo avvolgeva.

Una grappa davanti alla tv, una sigaretta fumata alla finestra, la cicca lasciata cadere nel vuoto. Abitudini, sempre abitudini. A quanto pareva non gli era possibile farne a meno. Erano come appigli a cui si attaccava per camminare sopra le pietre di un torrente in piena. A Parigi cosa avrebbe fatto? Sarebbe andato a mangiare sempre nello stesso posto?

Dopo essersi lavato i denti rimase a guardarsi nello specchio. Non era un mostro, come aveva pensato altre volte. Non bellissimo, certo, ma nemmeno brutto. Poteva ancora piacere a una donna, ne era più che sicuro. Non era poi così vecchio. Bastava solo incontrare la donna giusta, e a Parigi di donne ce n'erano a milioni. Doveva forse smettere di sognare? Solo perché aveva sessantatré anni?

Prese con coraggio un romanzo di Simenon e s'infilò a letto. Cominciò a leggere. Come l'altra volta gli sembrava di vivere dentro la storia, di vedere le cose, di toccarle, di sentirne gli odori. Si riconosceva nei pensieri cupi e confusi del protagonista, e una leggera sofferenza si mischiava al piacere di andare avanti. Emozioni a cui non era abituato, capaci di portarlo lontano. Era quello che voleva. Se faceva tanto di abbassare il libro si ritrovava in piazza D'Azeglio, a spiare l'angolo di via Alfieri.

Forse anche Lella leggeva per non pensare a nulla. Fu la prima cosa che gli venne in mente la mattina dopo, appena aprì gli occhi. Aveva letto fino a tardi, e si era addormentato con la luce accesa e gli occhiali sul naso, come sua moglie. Mise il segnalibro tra le pagine e si alzò, ancora immerso nell'atmosfera del romanzo.

Alle dieci e un quarto arrivò la rumena. Mario si mise con pazienza a spiegarle quello che c'era da fare, ricordandole come sempre di accendere l'aspiratore quando cucinava. Lei lo guardava in modo strano, e finalmente disse quello che aveva in testa.

«Senza baffi, più vecchio.» Non c'era verso che quella bestia di donna dicesse per una volta qualcosa di gentile.

«Mi hanno detto tutti che sembro più giovane» fece lui, brusco. Tutti chi? Solo Landoni, ma a lui bastava. S'infilò la giacca e uscì di casa. Andò in centro a piedi e tornò alla solita agenzia di viaggi per informarsi sui voli per Parigi. Al posto del ragazzo gentile c'era una donna sulla quarantina che sorrideva per dovere.

«Prego.»

«Vorrei per favore delle informazioni sui voli per Parigi.»

«Certo... È mai stato a Parigi?»

«No.» Perché quella domanda? Ce l'aveva scritto in faccia che non era mai stato a Parigi?

La donna gli spiegò che non esisteva un prezzo fisso, si andava dai dieci ai cinquecento euro, a seconda delle stagioni, dei giorni, delle formule e delle offerte. Gli regalò un libretto con gli orari di tutte le compagnie, e lo salutò con un sorriso.

Mario scelse un bar con i tavolini all'aperto, si sedette e ordinò un succo di frutta. Anche solo sfogliare quel libretto lo faceva sentire importante... Londra, Amsterdam, Bruxelles, Madrid, aveva in mano tutta Europa. Decise di partire la mattina verso le dieci, con la Air France. Doveva solo scegliere il giorno. Non era mai salito sopra un aereo e si sentiva eccitato.

Non riusciva più a stare seduto, e se ne andò senza finire il succo di frutta. Ora che stava per partire avrebbe dovuto essere contento. Eppure camminando in quelle strade affollate sentiva crescere dentro una sensazione che non conosceva, una specie di insofferenza verso tutto quello che gli passava davanti agli occhi. Non solo verso le persone... Ce l'aveva anche con i palazzi, con le vetrine dei negozi, con gli autobus, addirittura con i piccioni e con i cartelli stradali. Era come se ogni cosa fosse bugiarda, come se tutto nascondesse un imbroglio e solo adesso lui fosse capace di rendersene conto. Fino ad allora si era abituato a prendere le cose come venivano, ad accettare che le convenzioni e perfino la convenienza fossero più forti della verità. Una sorta di rassegnazione involontaria, una nebbiolina che offuscava il cervello.

Con il passare delle ore la sua irritazione peggiorò, ma in fondo ne era felice. Ce l'aveva solo un po' con se stesso, per aver vissuto così tanto tempo con gli occhi chiusi. Adesso era arrivato il momento di dimostrare che la sua coscienza non era andata perduta. La sua arma era la lucidità, la capacità di analizzare. Da ora in poi non si sarebbe più lasciato fregare dalla falsità e dall'ipocrisia. Sentiva il bisogno di leggere dietro le apparenze. Quando ad esempio era entrato dall'ortolano di via Gioberti...

«Ragioniere, che piacere vederla.»

Non era vero che l'ortolano provava piacere a vederlo... E allora perché lo diceva? Perché sempre mentire? Non aveva senso. Bastava dire semplicemente: *Buongiorno ragioniere*. Era così difficile dire la verità? Quel saluto ipocrita, *Che piacere vederla*, nascondeva altre parole: *Ecco il ragioniere, meglio salutarlo con un certo riguardo, i clienti come lui vanno coccolati... Gli è morta anche la moglie... Speriamo che spenda molto*. Un negoziante non poteva certo dire parole così imbarazzanti, ma dicendo solo *Buongiorno* non avrebbe mentito.

Quella sera, davanti al telegiornale delle otto non riusciva a darsi pace. Davanti alla solita barbosa carrellata di politici che snocciolavano i loro slogan, invece di borbottare si mise quasi a urlare, con il calice di vino che gli tremava in mano... *Al mio caro brontolone...*

«Brutti maiali... Non fate un cazzo dalla mattina alla sera e guadagnate milioni al mese... Ci credo che quando vincete le elezioni stappate lo champagne... Ho sgobbato quarantatré anni per ingrassare gente come voi... Se davvero ci fosse un Dio, vi avrebbe inceneriti da un pezzo...»

Vuotò il bicchiere e lo riempì di nuovo. Sullo schermo apparve Vittorio Emanuele.

Questa mattina il Re...

«Il re? Quale re? Non mi risulta che in Italia ci sia ancora la monarchia... Dovrebbero fucilarli alla schiena dal primo all'ultimo, anche i bambini... PORCACCIA MISERIA!»

Si svegliò sereno, assaporando un senso di libertà. L'agitazione e la rabbia della sera prima erano scomparse, ma non per questo si sentiva meno lucido. Vedeva ugualmente tutto con chiarezza, solo che non si arrabbiava più. Non ne valeva la pena. Non sarebbe stato lui a cambiare il mondo. Aveva lavorato per quarantatré anni tra fatture e registri, adesso era arrivato il momento di pensare un po' a se stesso. A che serviva arrabbiarsi?

Uscì presto. Si fece quattro foto tessera dal fotografo di via Gioberti e andò al Quartiere a fare il duplicato della carta d'identità. All'Aci dovette aspettare quasi due ore, ma tornò a casa con il foglio sostitutivo della patente.

Passò il pomeriggio in garage a riordinare i suoi attrezzi, borbottando fra i denti. Le chiavi inglesi, i cacciaviti, il mazzuolo... Quella sì che era roba vera, senza menzogne. Era un piacere tenerli in mano, davano fiducia.

Alle otto fece una lunga doccia calda, e si spruzzò addosso un profumo che gli aveva regalato Simona per uno dei suoi compleanni. Era la prima volta che lo usava. Si mise il vestito più elegante che aveva e uscì in macchina. Aveva un sacco di soldi e sessantatré anni, e del mondo non sapeva nulla.

Lasciò la macchina nel parcheggio sotterraneo di San Lorenzo, e si mise a passeggiare nelle vie del centro alla ricerca di un ristorante. Dopo qualche indecisione ne scelse uno elegante, con i primi piatti a venticinque euro e le luci basse. I soldi che aveva se li era guadagnati, non li aveva rubati a nessuno. Li poteva spendere a testa alta, non come quei rammolliti dei politici.

Il cameriere lo accompagnò in una saletta tranquilla e lo fece accomodare all'unico tavolo libero, in un angolo accogliente. Nessuno si voltò a guardarlo. Si sentiva appena il brusio delle voci e qualche risata sommessa. Non come in pizzeria, che bisognava urlare per capirsi. Ufficio casa e pizzeria, non aveva fatto altro tutta la vita.

Ordinò dei tagliolini al tartufo d'Alba e un filetto al vin santo con patate novelle al rosmarino. Da bere prese un Fonterutoli del '99, e al primo sorso capì che fino a quel momento non sapeva cosa fosse il vino. Che avrebbero detto i suoi figli, se lo avessero visto seduto a quel tavolo?

Mangiando sbirciava di continuo una bella ragazza con i capelli neri tagliati all'egiziana, seduta di fronte a un vecchio con la pancia. Da come si guardavano si capiva bene che non erano padre e figlia. Mangiavano l'aragosta con le mani, e sul tavolo avevano una bottiglia di champagne dentro il secchiello. C'erano altre donne belle, ma lei era la più affascinante. Muoveva le braccia in modo delicato, e quando sorrideva era come veder spuntare il sole all'orizzonte. Eppure andava a letto con quel vecchio, per vivere nel lusso. Sapeva di essere comprata come una puttana, e il ciccione sapeva di pagare per sentirsi un dongiovanni. Ma nessuno dei due lo avrebbe mai ammesso, per non sciupare il gioco.

Per dessert prese una torta di pere e amaretti con cioccolato caldo. Non aveva mai mangiato nulla di così buono. Aveva quasi voglia di sorridere al cameriere per manifestargli la sua riconoscenza, ma di sicuro sarebbe stato frainteso.

Ordinò un cognac, e gli lasciarono la bottiglia sul tavolo. Dopo il quarto bicchierino si sentiva un leone. All'improvviso decise che quella notte avrebbe... C'era una cosa che da ragazzino non aveva avuto il coraggio di fare. Nulla di sensazionale, ma nella sua fantasia era una specie di prova da superare, un drago da uccidere. In quel momento sentiva la stessa esuberanza, la stessa violenza spensierata dell'adolescenza. Aveva una rabbiosa nostalgia dei tempi in cui poteva desiderare senza danni tutto quello che voleva e fare il giro del mondo con la fantasia. Finalmente stava ritrovando il filo della sua vita, partendo dal suo passato più bello. Era da lì che doveva ricominciare. Vuotò il quinto bicchierino di cognac. Si sentiva leggero.

La mora e il vecchio si alzarono. Lui era basso, con le gambe corte, e si sforzava di muoversi come un giovanotto. Sbirciava gli altri tavoli per cogliere l'ammirazione negli occhi dei maschi. Lei in piedi era ancora più bella, fine come una principessa. Mario la fissava, sperando di incrociare il suo sguardo anche solo per un secondo. Ma la ragazza uscì dalla saletta senza considerarlo.

Perché non poteva avere anche lui una donna così? Sarebbe stato disposto a pagare, proprio come quel vecchio. Immaginò di essere con lei in un grande albergo a... Parigi, perché no? Una camera elegante, un grande letto circondato dalla penombra... Si abbracciavano e si baciavano con passione frusciando tra i lenzuoli... Perché non si decideva a partire? Cosa stava aspettando? In una grande città come Parigi tutto era possibile, anche le cose più difficili da immaginare. Una sera alla televisione aveva visto un servizio su Parigi... In certi quartieri c'erano addirittura delle coppie di maschi e di femmine che camminavano per strada tenendosi per mano. Una metropoli dove anche uno come lui, a sessantatré anni... Come mai proprio in quel momento gli venne in mente la ragazzina di piazza D'Azeglio? Non aveva giurato di dimenticarla?

Vuotò l'ennesimo bicchierino, e insieme al caffè ordinò il conto. Pensò di nuovo a *quella cosa* che aveva deciso di fare, alla prova che lo aspettava. In fondo era una stupidaggine, ma sapeva che non si sarebbe tirato indietro. Doveva farlo. Soltanto per un attimo fu preso dal dubbio che *quella cosa* avesse a che fare con la ragazzina. Alzò le spalle e sorrise, aveva solo bevuto troppo...

Il caffè era ottimo, anzi magnifico. Aveva mangiato molto, ma si sentiva leggero. Era proprio da questo che si capiva la qualità di un ristorante. A volte, dopo una cena in trattoria con Gisella, per tutto il resto della serata non faceva che ruttare.

Il cameriere gli portò una specie di libretto di cuoio sopra un vassoietto d'argento. Dentro c'era il conto, centoventidue euro. Non batté ciglio, anzi gli apparve sulle labbra un sorriso indifferente, come se fosse abituato a spendere molto di più. Non era questo che facevano tutti? Fingere di essere quello che non erano. A quel punto valeva la pena di andare fino in fondo. Lasciò centocinquanta euro sul tavolo e se ne andò senza aspettare il resto. Ventotto euro di mancia solo perché il cameriere pensasse: *dev'essere un riccone*. Era certamente una cosa stupida, ma immaginare l'ammirazione del cameriere gli dava un grande piacere. E quel vecchio grassone con la bella ragazza mora, quanto spendeva ogni giorno per pagare il suo sogno?

Uscì dal parcheggio sorridendo, passò davanti alla Stazione e imboccò i viali. Si vedeva da fuori come l'attore di un film, e si divertiva a immaginare la colonna sonora che accompagnava il primo piano della sua faccia. In quel momento c'era una musica da grandi occasioni. Anche da bambino si lasciava andare a simili fantasie, quando strisciava sui pavimenti con i soldatini in mano. Era bellissimo ritrovare quelle emozioni. Si sentiva uno scemo, e ne era contento. Soprattutto si sentiva libero. A casa non c'era nessuno ad aspettarlo, poteva stare fuori quanto gli pareva, anche tutta la notte.

Arrivò al Salviatino e imboccò via del Cantone. Proseguì su per via Benedetto da Maiano, osservando alla luce dei fari gli alti muri di pietra che per lunghi tratti delimitavano i lati della strada. Conosceva quei posti meglio delle proprie tasche, anche se non ci veniva da secoli. Da ragazzino ci era passato migliaia di volte con i suoi compagni e anche da solo, a piedi o in bicicletta. In quelle strade aveva fatto le corse sui carrettini con i cuscinetti a sfera, e a volte si era ferito.

Una volta, più o meno a tredici anni, stava pedalando su per la salita insieme a tre o quattro amici, ma era rimasto indietro di una trentina di metri. Ansimava, tutto sudato, giurando che li avrebbe ripresi. A un tratto dietro un muro altissimo aveva sentito la voce di una ragazzina che cantava, e senza rendersene conto si era fermato ad ascoltare. La ragazzina cantava un successo di quei tempi, una canzone di Celentano, con una vocina perfida che in certi momenti poteva sembrare quella di una vecchia. Con il cuore accelerato per via della pedalata aveva appoggiato la bicicletta contro il muro, incantato da quella voce. La ragazzina doveva essere proprio di là dal muro, si sentivano con chiarezza i suoi passi sulle foglie secche. Lui bruciava dalla curiosità, voleva vederla, voleva sapere com'era fatta, se era bella, voleva vedere il colore dei suoi capelli, com'era vestita... e anche com'era fatto il giardino. Dalla strada si poteva vedere solo la grande chioma di una quercia e la figura allungata di alcuni cipressi. Aveva cercato di sbirciare tra le fessure di un cancellino di ferro che si apriva nel muro una ventina di metri più in basso, ma un'edera folta impediva la vista e non era riuscito a vedere niente. L'unica possibilità era scalare il muro, un vecchio muro di pietra pieno di fenditure e di sporgenze. Era davvero altissimo, ma se voleva vedere la bambina e il mondo che si nascondeva là dietro... Aveva già infilato il piede in una spaccatura, afferrandosi con le mani dove poteva, ma non aveva avuto il coraggio di continuare. Non per paura di farsi male. All'improvviso l'idea di affacciarsi dall'altra parte gli era sembrata una cosa proibita, gravissima. Una cosa che se lo avesse saputo il babbo... Quando la bambina aveva smesso di cantare, si era quasi spaventato. Senza fare rumore era rimontato sulla bicicletta e si era messo a pedalare come un pazzo.

Da quel giorno, ogni volta che passava accanto al *muro* immaginava di scalarlo e di affacciarsi sul giardino misterioso. Era il suo segreto, agli amici non aveva detto nulla. Quando era da solo, tremando per l'emozione si fermava e tendeva l'orecchio. Non aveva mai più sentito cantare la ragazzina, ma questo non faceva che tormentare ancora di più la sua curiosità per quel giardino, che immaginava meraviglioso.

Dopo cinquant'anni quella sera era di nuovo lì. Saliva su per la strada con il formicolio alle caviglie, come allora. Andava a fare quello che non aveva mai fatto, andava ad affrontare il drago. Avrebbe finalmente scalato il muro, sarebbe arrivato in cima e avrebbe spiato il giardino... Non era una cosa immensamente stupida? Ma era proprio per quello che lo avrebbe fatto. Per non arrendersi di fronte a un vecchio muro di pietra che gli impediva di vedere oltre. Per riprendersi la vita, quella vera, fatta di sogni, di emozioni semplici e potenti. Emozioni che non provava da troppo tempo. Era una notte così bella... C'era anche uno spicchio di luna sospeso nel cielo...

Dopo un paio di chilometri fermò la macchina in uno slargo e continuò a piedi. Erano appena le undici. La strada era deserta, poco illuminata. Sentiva solo il rumore dei propri passi. Finalmente si fermò di fronte a quel muro... Non era poi così alto, e questo lo deluse. Ma il desiderio di affacciarsi dall'altra parte non se n'era andato. Si rimboccò le maniche e cercò gli appigli per arrampicarsi. Afferrò con le dita una pietra sporgente, e infilò il piede in una fenditura. Si tirò su, e anche l'altro piede trovò un appoggio. Si attaccò più in alto con una mano, poi con il piede, poi con l'altra mano, l'altro piede, la mano, poco per volta... Era facile, bastava fare le cose con calma. Aveva solo un po' il fiatone. Si sentiva l'uomo più ridicolo della terra, ma anche il più felice. Chissà che faccia avrebbero fatto i suoi figli se lo avessero visto... Di sicuro lo credevano già a letto, abbracciato alla borsa dell'acqua calda.

Ce l'aveva quasi fatta, era bellissimo... Gettando in alto una mano si agganciò alla cima del muro e sentì il palmo andare in fiamme, lacerato dai cocci di bottiglia. Ritirò la mano con un grido soffocato, e gli caddero sul viso delle grosse gocce di sangue. Subito dopo gli scivolò un piede e cadde all'indietro, nel vuoto.

Emerse da un sonno torpido. Le sue palpebre si alzarono come saracinesche, e in una luce abbagliante vide una boccia di vetro sospesa in aria. La mano destra gli pulsava come un cuore, e sentiva delle leggere fitte di dolore alla testa. Si tirò su dolorante, attento a non strapparsi l'ago dal braccio. Addosso aveva solo la canottiera e le mutande. Oltre alla mano destra fasciata, si accorse di avere un cerotto sulla nuca.

Il suo letto era vicino alla finestra. Fuori c'era un sole bellissimo, e dalla vetrata si vedeva una collinetta ricoperta di oliveti e macchiata qua e là di cipressi.

Nella stanza c'erano altri cinque letti, tutti occupati: un uomo sui quarant'anni, un vecchio con gli occhi velati, un ragazzo con la testa fasciata che fissava il vuoto, un tipo calvo di età indefinibile che ascoltava una radiolina premendosela sull'orecchio. Il quinto dormiva, con la faccia coperta dal lenzuolo. Mario borbottò un buongiorno, e solo in due risposero al saluto con un cenno del capo.

Aveva in bocca un sapore cattivo e si sentiva stordito, ma a parte questo stava bene. Prese dal comodino la bottiglia d'acqua e si riempì per tre volte il bicchiere di plastica. Dalla porta mezza aperta vedeva passare nel corridoio persone in camice che camminavano in fretta. Aprì il cassetto del comodino e trovò il suo orologio. Le nove e mezzo. C'era anche il cellulare. Lo accese e telefonò alla rumena. Le disse che era fuori città e non sapeva quando sarebbe tornato.

«La richiamo io...» Spense il telefono, lo rimise nel cassetto e adagiò la testa sul cuscino. Si sentiva sereno, placido come l'acqua di uno stagno.

Entrò un'infermiera, una morettina con lo sguardo frizzante. Senza una parola gli sfilò l'ago dal polso e si mise ad armeggiare con la flebo. Mario la fissava.

«Mi mandate via?»

«Non so nulla, deve chiedere al dottore.»

«I miei vestiti?»

«Sono nell'armadietto.»

«Posso alzarmi? Dovrei andare in bagno.»

«Non è mica moribondo.» Gli sorrise e se ne andò con la boccia vuota, sculettando sugli zoccoli.

Aveva voglia di fare pipì, ma camminare in mutande davanti a degli sconosciuti lo metteva in imbarazzo. Quando capì che non poteva più trattenerla, si alzò barcollando e s'infilò in bagno. Non era facile pisciare con una mano fasciata. Dopo aver tirato l'acqua si sciacquò il viso con la mano libera, e dovette asciugarsi con la carta igienica. Avrebbe pagato qualunque cifra per uno spazzolino da denti e un tubetto di dentifricio. Tornò a letto e si tirò addosso il lenzuolo.

Non si pentiva della sua bravata notturna. Aveva deciso di scalare il muro e l'aveva fatto. Si ricordava solo confusamente cosa era successo dopo la caduta. Il rumore di una frenata, le sagome di due teste che si abbassavano su di lui tra un formicolare di puntini in movimento, voci concitate, mani che lo sollevavano da terra, una sirena, rumori metallici, e una potente luce bianca che gli impediva di tenere gli occhi aperti...

«Mi sente?» aveva detto una voce, rimbombando come in una chiesa.

«Sì...»

«Vuole che telefoniamo a qualcuno?»

«Sì...» Aveva risposto senza pensarci.

«Riesce a darmi un numero di telefono?»

«Simona...» Doveva aver mormorato il numero di sua figlia, ma ora se ne pentiva. A nessuno poteva dire cosa aveva fatto e perché, tantomeno a Simona. Aveva sentito dire migliaia di volte che i genitori non capiscono i figli, ma era vero soprattutto il contrario.

Sull'ambulanza gli avevano fasciato la mano e medicato la testa. Poi doveva essersi addormentato, forse con l'aiuto di un'iniezione. Quando era riemerso dal sonno, in un piacevole dormiveglia aveva intravisto alla sua destra tre persone in piedi accanto a lui, indaffarate in qualcosa. Lentamente aveva capito. Gli stavano mettendo dei punti sul palmo della mano, senza che lui sentisse il minimo dolore.

Dopo l'intervento lo avevano portato in giro sopra una lettiga, e davanti ai suoi occhi aveva visto scorrere le lunghe lampade al neon attaccate ai soffitti. Gli avevano fatto un paio di radiografie e un elettrocardiogramma, borbottando parole che lui non riusciva a capire. Una puntura nel braccio, poi più nulla. Chi lo aveva spogliato? Forse sua figlia? Quel pensiero lo fece arrossire. Gli sembrava anche di ricordare la voce di Simona. *Babbo, mi senti? Che hai combinato*? Ma forse era stato un sogno.

Alle undici arrivò il primario con un codazzo di assistenti. Un tipo basso e poco simpatico, con il camice aperto che svolazzava come una tendina. Controllò la cartella clinica per pochi secondi. Disse che gli esami erano buoni, nessuna lesione interna, nessun trauma cranico, solo un taglio alla mano. Un brutto taglio, ma senza danni permanenti. Era stato fortunato. Se non sorgevano complicazioni lo avrebbero dimesso il giorno dopo.

«A che ora?» chiese Mario.

«Si riposi...» Il primario fece il giro dei letti mormorando a ognuno qualcosa, e se ne andò trascinandosi dietro gli assistenti come un branco di topi. Mario si sdraiò comodamente e si mise a guardare il soffitto, godendosi l'ozio di quei momenti. Come mai si sentiva così sereno?

A mezzogiorno entrarono le infermiere con il carrello del pranzo. Mangiò con piacere la pasta al pomodoro, il pollo arrosto con le patate e anche la mela cotta. Ogni tanto si tastava il cerotto che gli avevano appiccicato alla nuca, e sorrideva.

Arrivò l'ora delle visite. La corsia cominciò a riempirsi di parenti e amici che si avvicinavano ai letti per parlottare a voce bassa con i ricoverati. Mario si girò su un fianco e si mise a guardare fuori dalla finestra, la collina illuminata dal sole. Dopo un po' chiuse gli occhi, ma non dormiva. Doveva aver battuto una bella capocciata sull'asfalto, ma della caduta non si ricordava quasi nulla. Sapeva solo che si era tagliato la mano sui cocci di bottiglia murati in cima al muro ed era volato di sotto. Nemmeno questa volta era riuscito ad affacciarsi dall'altra parte. In fondo era meglio così. Nulla di quello che avrebbe visto poteva essere all'altezza del giardino magico che aveva sempre immaginato. Ma finalmente aveva scalato il muro...

«Babbo, stai dormendo?» Quel bisbiglio gli fece aprire gli occhi, e si voltò. Simona era in piedi accanto al letto.

«Stavo solo sonnecchiando» borbottò Mario, con un sospiro. Si tirò su, e sua figlia si precipitò a sistemargli il cuscino dietro la schiena. Ce la poteva fare benissimo da solo, ma la lasciò fare. Simona aveva un sorriso strano, sembrava impacciata.

«Come ti senti?»

«Benissimo.»

«Ci hai fatto prendere un bello spavento.» Parlava piano, per non farsi sentire dagli altri.

«Sto benissimo» disse Mario. Guardava sua figlia con aria di sfida. Aveva battuto la testa, e allora? Cosa c'era di così straordinario? Simona avvicinò una sedia al letto e si sedette.

«Babbo, che ti è successo di preciso?» sussurrò, con un tono complice.

«Che importanza ha?» Ora era lui a sorridere. Voleva dimostrarle che era tranquillo.

«Come sarebbe?» Sua figlia si era un po' offesa, ma si sforzava di non darlo a vedere.

«Domani mi mandano a casa.» Voleva cambiare discorso, ma dopo le sue risposte vaghe Simona sembrava ancora più decisa a scoprire la verità sull'incidente.

«Hanno detto che forse ti ha morso un cane...»

«Non ho visto nessun cane.» Lo disse con malignità, sapendo che sua figlia si stava agitando. Lui invece era calmissimo.

«Ti ha investito una moto? Una macchina?»

«No.»

«Babbo, ti prego... Che ci facevi di notte in quella stradina buia? Voglio saperlo.» Finalmente aveva deciso di far vedere a suo padre quanto fosse preoccupata.

«Passeggiavo.»

«Non dire cretinate...»

«È la verità.» Sorrise, con aria placida. Simona invece era sempre più angosciata.

«Che ti succede, babbo? Da quando non c'è più la mamma sei... Sei strano, ecco. Come se nascondessi qualcosa.»

«Cosa dovrei nascondere?»

«Insomma, babbo... Prima dici che vuoi stare un po' da solo... Poi parti per Roma senza dire nulla...»

«Una cosa gravissima... Andrò a confessarmi...»

«Non scherzare, lo sai bene di cosa parlo... Nessuno sa cosa fai e dove sei... Non accendi mai il cellulare, sei sempre distratto, soprappensiero... Se ne sono accorte anche le bambine.»

«È tutto a posto.»

«Babbo, dimmi la verità... C'è qualcuno che ti ricatta?» sussurrò Simona, fissandolo.

«Ma dai...»

«Sì o no?»

«Che fantasia...»

«È così, vero?»

«Ricattarmi per cosa?»

«Babbo, guardami negli occhi... Ti sei cacciato in qualche guaio? Qualunque cosa sia, non... Io e Francesco possiamo aiutarti.»

«Va tutto bene.»

«Non va bene per niente.» Simona si muoveva sulla sedia, non riusciva a stare ferma.

«Non c'è bisogno di agitarsi.»

«Babbo, non è normale... alla tua età... vai in giro di notte... e ti trovano svenuto in mezzo alla strada con una mano sbranata e la testa rotta...»

«Che c'è di male?» Più sua figlia si agitava, più lui era calmo.

«C'è anche Francesco» disse lei, alzandosi.

«Dove?»

«È qua fuori con le bimbe.»

«Non dirmi che è venuto da Milano per questa sciocchezza...»

«Non mi sembra una sciocchezza, potevi restarci secco.»

«La solita esagerata.»

«Me lo ha detto il dottore. Se non passava quella macchina potevi...»

«Morire dissanguato?»

«Sì...»

«Come vedi non è successo.» Doveva sforzarsi per non mettersi a ridere. Si stava divertendo un sacco. Sua figlia lo trattava come un bambino, convinta di fare la cosa giusta. Ma lui non doveva rendere conto a nessuno. Era quasi tentato di raccontarle cosa aveva fatto a Roma... La giovane puttana bionda, la droga, Mustafà...

«Ho capito, c'è di mezzo una donna» bisbigliò Simona dilatando gli occhi, e lo fissò per studiare le sue reazioni. Mario sorrise, ma non disse nulla. Simona si mordicchiava le unghie.

«Una di quelle puttanelle di vent'anni che fanno perdere la testa ai...» Si fermò.

«*Ai vecchi*? Dillo pure.» Si divertiva all'idea che sua figlia lo immaginasse a letto con una bella ragazza.

«La mamma è morta da poco... Non ti vergogni?» Non aspettò la risposta. Si voltò di scatto e uscì dalla stanza sbattendo i tacchi. Mario si mise a canticchiare una vecchia canzone, fingendo di non accorgersi che dagli altri letti lo stavano guardando. Sperava che tutti avessero sentito cosa gli aveva detto sua figlia. *C'è di mezzo una donna!* Non era vero, ma gli piaceva che gli altri lo credessero.

Pensò a Lella, ma non provò nessun rimorso. Lella apparteneva a un'altra vita, e adesso ne era cominciata una nuova. Non c'era altro da dire. Non si poteva fermare un fiume in piena.

Simona tornò insieme a Francesco e alle bambine. Si misero tutti intorno al letto.

«Allora, babbo... Come stai?» Francesco lo guardava con sospetto. Simona doveva avergli detto qualcosa. *Si è fatto incastrare da una puttanella!*

«Mai stato meglio» disse Mario, sorridendo.

«Mi fa piacere...» Francesco scambiò un'occhiata furtiva con la sorella. Le bambine si avvicinarono. Sembravano affascinate dalla sua mano fasciata.

«Che hai fatto alla mano?»

«Lo volete proprio sapere?»

«Sì, sì» dissero insieme.

«Fate piano» le sgridò la mamma.

«Se vi racconto cos'è successo, mi promettete di non dirlo a nessuno?» sussurrò Mario, guardandole con aria solenne.

«Non lo diciamo a nessuno, non lo diciamo a nessuno.» Erano eccitate. Simona e Francesco stavano immobili a guardare, con aria preoccupata. Mario invitò le bambine ad avvicinarsi.

«Lo volete proprio sapere?» Per la prima volta in vita sua si sentiva un vero nonno.

«Che ti è successo? Che ti è successo?» Le nipotine non stavano più nella pelle. Mario fece il misterioso ancora per qualche istante, poi si sporse in avanti e sussurrando cominciò a raccontare.

«Stanotte sono andato nel bosco per uccidere la Vienula...»

«Cos'è la Vienula?»

«Non sapete cos'è la Vienula?» Fece gli occhi tondi dallo stupore.

«No! Cos'è? Cos'è?» Pigolavano come pulcini.

«Ssst, fate piano. Avvicinatevi ancora... La Vienula è un lupo bianco alto come un frigorifero, ricoperto di peli duri come chiodi.» In fondo stava dicendo la verità, era andato ad affrontare un mostro. Simona e Francesco lo guardavano a bocca aperta, increduli. Non lo riconoscevano.

«Io non l'ho mai vista la Vienula» disse la bimba più grande.

«Nemmeno io» disse la piccina, a bocca aperta.

«Meglio per voi.»

«Perché? Perché?»

«Sapete cosa fa la Vienula?»

«No, cosa fa? Cosa fa?»

«Di notte va in giro per le case, e quando scova un bambino che non vuole dormire lo mette in un sacco e se lo porta via.»

«E dove lo porta? Dove?»

«Lo porta nella sua tana sotto terra... Lo cucina in pentola, se lo mangia e sputa solo le ossa.»

«Nooo...»

«Eh, sì.»

«E tu l'hai ammazzata?»

«Certo! Ma prima di morire è riuscita a mordermi una mano.»

«Ti ha fatto molto male?»

«Lì per lì non è stato molto piacevole, ma adesso va meglio.»

«Il nonno ha ammazzato la Vienula... Il nonno ha ammazzato la Vienula...» Ridevano come matte, e Simona le tirò per un braccio.

«Fate piano, disturbate gli altri.» Si voltò verso gli altri ricoverati per scusarsi, ma nessuno si occupava di loro. Francesco si avvicinò al letto e si chinò in avanti, per non farsi sentire dalle bambine.

«Non ci vuoi proprio dire cosa ti è successo?» Aveva un tono comprensivo.

«L'ho appena detto, ho ammazzato la Vienula.»

«Dai, babbo...» disse Francesco, un po' seccato. Mario non sentiva alcun bisogno di mettersi a spiegare, aveva altro per la testa.

«Volevo informarvi di una cosa» disse, guardando prima Francesco e poi Simona.

«Cosa?» Dai loro sguardi si capiva che si aspettavano una rivelazione sconcertante. Mario fece un viso serio, era arrivato il momento.

«Parto per Parigi.»

«Che?» fece Simona.

«Parigi... Paris...»

«E quando?»

«Presto.» Ora sapeva con certezza che sarebbe partito.

«Parigi è come la Vienula?» chiese la più piccina.

«Parigi è molto più feroce della Vienula...» disse il nonno, sorridendo. Simona e Francesco si scambiarono un'occhiata.

«Bambine, andate avanti con lo zio... Arrivo subito.» Le bambine baciarono il nonno e se ne andarono con

Francesco. Silenzio. Mario guardava dalla finestra, e sua figlia lo fissava con uno sguardo inquieto.

«Perché proprio a Parigi?» sussurrò. Mario si voltò verso di lei.

«Voglio vedere com'è fatta.»

«Vai dietro a *quella*, vero?»

«Mimma...»

«Ci andavi a letto anche quando era viva la mamma?» Si mordeva le labbra.

«Ho detto solo che vado a Parigi, che c'è di così strano?» Parlava con un tono pacato, le mani intrecciate sulla pancia. In quel momento si piaceva, si sentiva bello, addirittura affascinante. Nella sua fantasia le supposizioni di Simona erano diventate realtà... Lui aveva un'amante, giovane, francese, bellissima. Una di quelle puttanelle che fanno perdere la testa ai vecchi, proprio come la mora del ristorante... Perché no?

«Babbo, ti prego... Non fare stupidaggini...» Adesso Simona era disperata, aveva le lacrime agli occhi... e a quel punto Mario sentì uno strizzone allo stomaco. Che senso aveva farla soffrire? Scosse la testa.

«Non c'è nessuna donna...»

«Giura.»

«Te lo giuro.»

«Allora mi dici cosa sta succedendo?» Era ancora sospettosa.

«Sento il bisogno di fare un viaggio.»

«E non c'è nessuna donna?»

«Nessuna donna, te lo giuro sulla mamma.» La magia della finzione era finita.

«Oddio che paura mi hai fatto prendere» disse Simona, sollevata. Aveva cambiato faccia, gli aveva creduto.

Aprì le labbra, forse per fargli ancora una domanda... Ma non disse nulla. Si avvicinò e lo baciò sulla guancia. Mario sorrise.

«Le bambine avranno fame.»

«Vado.»

«Ciao, Mimma.»

«Ciao...» Si avviò verso la porta, e prima di sparire nel corridoio fece un ultimo cenno di saluto con la mano.

Mario sentì gli occhi bagnarsi di lacrime. Perché era stato così cattivo con Mimma? Ma non era per quello che aveva voglia di piangere. Per la prima volta in vita sua gli sembrava di capire con chiarezza quanto fossero diversi da lui i suoi figli, quanto fossero distanti... Finalmente sentiva di considerarli *persone*, esseri indipendenti da lui, non dei semplici figli. E questo gli piaceva, gli piaceva molto. Adesso era veramente pronto a partire.

Non era vero che Gisella non si era mai ribellata. Una volta ci aveva provato... Che anno era? Francesco doveva avere più o meno cinque anni, e Simona sette. Si ricordava con chiarezza che era inverno e stava piovendo.

Alle dieci un'infermiera spense la luce centrale, e dopo qualche minuto gli altri ricoverati cominciarono a russare. Mario aveva chiuso gli occhi da un pezzo, ma non riusciva a dormire.

Era proprio per lei che avevano litigato, per Simona. Aveva imbrattato le piastrelle del bagno con i pennarelli, e lui le aveva dato uno schiaffo. Lella gli aveva lanciato un'occhiataccia, era corsa ad abbracciare la bimba in lacrime e coccolandola se l'era portata in cucina. Lui aveva alzato le spalle. Che c'era di così grave, in uno schiaffo?

Lella aveva covato per tutta la sera, e quando i bambini erano andati a letto aveva cominciato a smaniare. Intanto sferruzzava.

«Mimma voleva solo farti una sorpresa, ci è rimasta malissimo.»

«La sorpresa me l'ha fatta eccome...» Non aveva nemmeno staccato gli occhi dal televisore.

«Ma non capisci? Credeva di fare una cosa bella.»

«Appunto. È bene che impari presto a distinguere le cose belle dalle cose stupide.» In fondo anche lui si era pentito di quello schiaffo, anzi quasi se ne vergognava. Ma doveva salvare se stesso e la propria autorità. Che poteva fare? Chiedere scusa a una bambina di sette anni? Gli sembrava più sano ribadire che il babbo aveva sempre ragione.

«È solo una bambina...» si era lamentata Lella.

«E allora? Meglio educarla per tempo... Non vorrai mica che diventi come tua madre!» Che c'entrava adesso la madre di Lella? Ma lui non era riuscito a trattenersi, come se avesse avuto il bisogno di ferirla. Lella aveva smesso di sferruzzare e lo aveva guardato con gli occhi sbarrati.

«Che vorresti dire?»

«Lasciamo stare...»

«Cos'hai contro mia madre? Ti ha sempre trattato come un pascià.»

«Non mi ha mai sopportato.»

«Non è vero!» Si era alzata in piedi.

«Non le va giù che io non sia un avvocato, un banchiere...»

«Questa poi!» Il viso di Lella aveva cominciato a deformarsi.

«...o magari un calciatore famoso.»

«Smettila!»

«Ti sei già dimenticata quello che è successo sette anni fa, a Natale?»

«La mamma aveva bevuto un bicchiere di troppo, lo sai bene...»

«Voi donne giustificate tutto con l'alcol, anche quando fate le corna ai mariti.»

«Ma che dici?»

«E quella volta in pizzeria? Una figura del genere...» Non riusciva a smettere. Più si rendeva conto di esagerare e più insisteva, come se dovesse obbedire a un ruolo che andava oltre la sua volontà. In effetti non era stato un vero litigio. Lella si era agitata più del solito, è vero, ma in fin dei conti aveva piagnucolato come sempre, biascicando frasi incomprensibili.

Lui sapeva di sbagliare, sentiva addirittura il desiderio di interrompere quella sfuriata inutile con un sorriso, con una frase gentile. Ma non gli era stato possibile, non ci era riuscito. Aveva continuato a vomitare parole, a rivangare episodi antichi e insignificanti che anche lui aveva ormai dimenticato. Girava e rigirava le frittate sparando accuse sprezzanti. Faceva tutto quel polverone solo per nascondere quanto si sentiva meschino, e lo sapeva benissimo. Dentro di sé era tranquillo, quasi freddo. Non gliene importava nulla di quelle stupidaggini. Ma il viso umiliato e colpevole di sua moglie era un nutrimento per il suo orgoglio. *Non ti ricordi cos'ha detto la tua cara mammina quando ho cambiato la macchina?* Se almeno Lella si fosse arrabbiata sul serio, se avesse tirato fuori le unghie, se invece di essere così sottomessa fosse stata un avversario temibile... Non sarebbe stato tutto più bello? Lui preferiva essere un guerriero che un aguzzino. Lo aveva scoperto soltanto adesso, in quel letto di ospedale... Adesso che non aveva più una vittima da sacrificare.

Una volta da bambino aveva dato fuoco a un formicaio con l'alcol denaturato. Non aveva provato nessun piacere. Anzi, mentre vedeva le formiche contorcersi tra le fiamme si era sentito tristissimo... Allora come mai lo aveva fatto? Era così facile uccidere?

Si girò sull'altro fianco. Pensare al passato lo metteva in agitazione. Di quello che aveva vissuto non gli piaceva nulla. Meno male che adesso almeno se ne rendeva conto. Era come se per decenni avesse vissuto la vita di un altro, di un uomo abitudinario, ottuso, smanioso di ribadire ogni giorno i confini del proprio regno. Al lavoro era sempre stato mite e remissivo, ma a casa ribaltava le cose e si prendeva la rivincita. Era uno di quelli che sfruttavano il loro piccolo potere per sentirsi grandi... Un *caporale*, per dirla con Totò. Era difficile trovare qualcosa di più squallido, ma ormai era andata così. Il bilancio personale del ragionier Mario Rossi era negativo. L'unica cosa che poteva fare era cercare di non buttare via il resto della sua vita. Quanti anni gli rimanevano, ancora?

L'emozione gli impediva di prendere sonno. Vedeva con chiarezza il passato, e se pensava al futuro scorgeva appena una strada che si perdeva all'infinito. Non come prima, quando girava a vuoto ritrovando ogni giorno le stesse cose, alle stesse ore, provando le stesse emozioni scialbe e rassicuranti. Si era scavato una tana calda dove consumare la propria esistenza, dove poter morire sereno senza mai avere davanti agli occhi un orizzonte lontano e ignoto che lo attirasse pericolosamente. Adesso invece non aveva nessun appiglio, nessun conforto, e non sapeva in quale direzione sarebbe andato. Vivere in questo modo era certamente più difficile, più rischioso, e per certi versi anche agghiacciante. Ma ormai non poteva più tornare indietro. Il desiderio di mettersi alla prova era troppo grande. Come sarebbe stata la sua vita, da ora in poi? Cosa avrebbe fatto a Parigi? Chi avrebbe incontrato? Era curioso di sapere. Non vedeva l'ora di comprare il biglietto e di fare la valigia. Sentiva ondate di brividi nella pancia, come da bambino la notte di Natale. Si vedeva già sull'aereo a guardare le nuvole dal finestrino, come nei film.

Dalla vetrata vide con sorpresa le prime luci dell'alba. Dal buio emerse lentamente la collinetta di fronte, verdognola e spettrale. Non si era accorto del tempo che passava. Forse a momenti aveva dormito, senza rendersene conto. Si voltò dall'altra parte e chiuse gli occhi, cercando di convincersi che fosse ancora notte. Veder sorgere il sole lo aveva sempre riempito di malinconia.

Era uscito di nuovo a piedi nel primo pomeriggio, e stava tornando a casa. Era già in via Pietrapiana. Aveva appena comprato il biglietto per Parigi, lo sentiva bruciare nella tasca. Centocinque euro. Così vicino alla data di partenza era un ottimo prezzo, aveva detto l'impiegato dell'agenzia. La mattina dopo avrebbe preso l'aereo a Peretola alle dieci e quindici, e a mezzogiorno e dieci sarebbe atterrato all'aeroporto Charles De Gaulle. Quante volte aveva sentito pronunciare quel nome, durante i telegiornali? Si guardava intorno e pensava che tra poche ore avrebbe calpestato i marciapiedi della città più bella del mondo. Quanto mancava di preciso alla partenza? Fece il conto. Poco più di sedici ore.

Camminava in quelle strade cupe che conosceva da sempre, e si sentiva quasi uno straniero. Le sagome umane che gli scorrevano accanto non lo riguardavano più. Era già partito, già lontano. Appena imboccò Borgo la Croce si rese conto di una cosa: passando accanto alla chiesa di Sant'Ambrogio non aveva nemmeno girato la testa per dare un'occhiata all'angolo di piazza D'Azeglio. Era guarito. Stava andando verso una nuova vita. Non gli restava che preparare la valigia e far passare la serata in qualche modo.

Lo avevano dimesso quella mattina stessa, verso le nove, dopo tre giorni di degenza. Gli avevano fatto una fasciatura robusta, lasciandogli le dita fuori, e non sentiva quasi più alcun dolore. Anche il bernoccolo si era sgonfiato, e non aveva più bisogno di cerotti. Stava meglio di prima. Le notti in ospedale non aveva quasi dormito, ma non si sentiva per niente stanco. Ormai aveva preso la sua decisione. I punti alla mano se li sarebbe fatti togliere a Parigi, in qualche pronto soccorso.

Appena uscito dall'ospedale si era dedicato alle faccende pratiche. Aveva telefonato alla rumena per dirle che quella mattina poteva venire. Si era fatto accompagnare da un taxi a recuperare la macchina ed era andato subito a casa. Entrando gli era sembrato di essere appena tornato da un lungo viaggio, e invece doveva ancora partire.

Dopo un caffè aveva preparato i moduli per l'addebito automatico delle bollette, da portare in banca. Alle dieci e un quarto era arrivata la rumena, e le aveva detto che dal giorno dopo non aveva più bisogno di lei.

«Parto domattina per Parigi.»

«Che hai fatto a mano?»

«Sono scivolato per le scale. Quanto le devo?»

«Duecentottantasei.»

«Ecco qua, tenga pure tutto.» Le aveva messo in mano trecento euro ed era uscito per andare in banca.

Sbrigata la burocrazia aveva fatto una bella passeggiata sui lungarni, osservando distrattamente l'acqua limacciosa che scorreva sotto i ponti. Era tornato a casa, aveva pranzato, e dopo un pisolino davanti al televisore era uscito di nuovo.

Voltò in via Scipione Ammirato e tirò fuori il biglietto. Lo aprì e lesse: *Firenze-Parigi*. Lo rimise in tasca con un sorriso. Domani avrebbe calpestato i marciapiedi e respirato l'aria di Parigi, e sarebbe andato a cena in un grande ristorante.

Stava per imboccare il vicolo dove abitava, e in quel momento la vide... Era proprio lei, non poteva sbagliarsi. Sarà stata sì e no a una cinquantina di metri, e gli stava venendo incontro sullo stesso marciapiede. L'avrebbe riconosciuta anche solo dal modo di camminare, dal suo passo sicuro e leggero. Come al solito aveva una gonnellina corta, scarpette bianche e lo zaino agganciato alla spalla...

Si chinò fingendo di allacciarsi una scarpa, con il cuore che sembrava pompare polenta. Sentiva che era meglio andare dritti a casa senza voltarsi... Che ci faceva ancora lì accoccolato, a trafficare con i lacci delle scarpe? Domattina sarebbe salito sopra un aereo che lo avrebbe portato lontano. Non doveva fare altro che alzarsi in piedi e imboccare il vicolo... Invece rimase. Si alzò un attimo prima che lei gli passasse accanto, e fece un viso stupito.

«Oooh, ciao... Mi riconosci?»

«Certo, il maresciallo. Cos'ha fatto alla mano?» Si era fermata di fronte a lui, un po' a distanza. Stava masticando un chewing-gum e le sue labbra rosse non facevano che aprirsi e chiudersi.

«Solo un graffio... Che fai di bello?» Gli tremava leggermente la voce.

«Nulla, mi annoio.»

«Ma come? Una bella ragazzina come te?» Si vergognava quasi di averlo detto.

«Macché...» Alzò le spalle. Stava per andarsene.

«Se non hai nulla da fare... Abito proprio qui vicino... C'è anche mia moglie... Posso offrirti un tè...» Cosa stava dicendo? Non riusciva a trattenersi, era come se le parole uscissero da sole.

«Va bene.»

«Come?» Era sbalordito. Non aveva pensato nemmeno per un secondo che lei avrebbe accettato.

«Però il tè non mi piace.»

«Un succo di frutta?» Si sentiva la faccia calda.

«Ce l'hai la vodka?» chiese lei. Finalmente gli aveva dato del tu.

«Non sei un po' troppo giovane per quelle cose?»

«Che palle...»

«Però dovrei avere una birra.»

«Meglio di nulla.»

«Andiamo?» S'incamminò lungo il vicolo con la ragazzina accanto, in silenzio. Non riusciva a non pensare a quelle labbra rosse che si aprivano e si chiudevano. Si sentiva come se stesse scivolando giù per un ghiaione di montagna, lentamente, senza scampo... Ma perché si agitava? Doveva stare tranquillo. Sarebbero saliti in casa, avrebbero bevuto qualcosa, avrebbero chiacchierato... Che c'era di male? Magari poteva nascere davvero un'amicizia speciale, qualcosa di così bello che in tutto il mondo ancora non esisteva. Solo per un attimo la vide distesa sul divano del suo salotto, senza scarpe, con la gonna alzata... Si vergognò, forse anche troppo. Ormai lo sapeva, no? Era solo il pensiero che si prendeva le sue libertà, come succedeva a tutti. Non avrebbe sfiorato quella ragazzina nemmeno con un capello. Era bella, bellissima... Anzi di più, aveva qualcosa che la rendeva assolutamente speciale. Ma era poco più di una bambina...

«Abito qui.» Aprì il portone e si avviarono su per le scale. La ragazzina si guardava intorno con un sorrisetto sulle labbra, come se trovasse ridicolo tutto quello che vedeva. Mario arrossì. Per la prima volta notò lo squallore di quella scala di pietra scura, il misero corrimano di ferro, gli intonaci ingialliti...

«Com'è andata a scuola, stamani?» le chiese, per uscire dall'imbarazzo.

«Ho fatto forca» fece lei, accennando un sorriso.

«Avevi il compito di matematica?»

«Non avevo voglia di andare a scuola.»

«E se lo sa la tua mamma?»

«Non lo saprà mai.»

«Siamo arrivati.» Aprì il portone e si scostò per lasciar passare la ragazzina. Entrò anche lui, e richiuse delicatamente la porta. Nell'aria si avvertiva ancora l'odore del cavolo lesso che aveva mangiato a pranzo, e arrossì di nuovo. Appese la giacca all'attaccapanni. Nella casa non si sentiva alcun rumore, e la ragazzina sembrava un po' tesa.

«Lella? LELLA?... Non c'è, dev'essere uscita a fare una commissione.» Allargò le braccia, sorridendo. La ragazzina fece una smorfia, senza muoversi. Doveva metterla a suo agio.

«Vado a prenderti la birra. Accomodati pure, arrivo subito.» Accennò con la mano al salotto.

«Dov'è il bagno?»

«L'ultima porta a destra.» Il bagno era pulitissimo, la rumena lo aveva strofinato da cima a fondo. La ragazzina si avviò nel corridoio, e lui rimase a guardarla. Quelle gambe nude adesso si muovevano in casa sua, quelle scarpette calpestavano il suo pavimento, e nell'aria si sentiva un profumo di giovinezza...

Appena la vide sparire in bagno s'infilò in cucina, e con le mani tremanti mise dell'acqua a bollire sul fuoco. Tirò fuori le bustine del tè, la tazza, lo zucchero. In frigo c'era una birra. La stappò, prese dalla credenza il bicchiere più bello che aveva e lo guardò in controluce per controllare che fosse pulito. Mise tutto sopra un vassoio. Cercò negli sportelli, trovò una scatola di biscotti e ne rovesciò qualcuno in una ciotola. Dove aveva messo i tovagliolini di carta? In quel momento sentì la ragazzina che tornava dal bagno, e non ebbe il coraggio di affacciarsi.

«Arrivo subito, siediti pure.» Nessuna risposta. Aspettò che l'acqua bollisse e preparò il tè. Sollevò il vassoio, attento a non far cadere niente. Non era facile, perché le mani continuavano a tremargli. Quando entrò in salotto vide la ragazzina seduta sopra una sedia, che armeggiava con il cellulare.

«Ecco la tua birra.» Appoggiò il vassoio sopra il tavolino e si sedette sul divano, al suo solito posto. La ragazzina continuò a schiacciare i tasti per qualche secondo, poi lasciò cadere il cellulare nello zaino, si alzò dalla sedia e con passo svogliato andò a sedersi all'altro capo del divano, proprio dove si metteva Lella. Si versò la birra nel bicchiere e bevve un lungo sorso. Stava tutta in avanti, lontana dallo schienale, e si guardava in giro senza dire nulla. Mario era imbarazzato, e sorrise.

«Ti va un biscotto?»

«No.»

«E insomma oggi niente scuola...»

«No.»

«Qual è la materia che ti piace di più?» Il tè era pronto.

«Non mi va di parlare della scuola, mi fa palle.»

«Come dici? Ah, ho capito...» In quel momento pensò: davvero era già stata a letto con un ragazzo? Faceva già certe cose?

«Mi fai vedere la pistola?»

«Quale pistola?» fece lui, sollevando la tazza.

«I carabinieri non ce l'hanno la pistola?»

«Ah scusa, non avevo capito...» Arrossì. Si era dimenticato di essere un carabiniere.

«Allora ce l'ha?»

«Non ci davamo del tu?»

«Ce l'hai o no?»

«Ora non più, sono in pensione.»

«Che palle...»

«Mi dispiace... Com'è che ti piacciono le armi?»

«Mica ho detto che mi piacciono.»

«Sono pericolose...» Sembrava tutto così naturale. Stavano parlando seduti sullo stesso divano, bevendo una cosa. Quando la ragazzina si voltava le sbirciava le gambe, era più forte di lui. Ma non gli passava nemmeno per la testa di...

«Hai mai ammazzato un rapinatore?»

«Dici con la pistola?» Prendeva tempo, per scegliere la risposta migliore.

«Sì, con la pistola...» insisté lei.

«Certo, più di una volta. Ma solo quando era questione di vita o di morte.» Accavallò le gambe, pensando a John Wayne.

«E gli inseguimenti?»

«Quando ero giovane mi capitava quasi tutti i giorni.»

«Figo...»

«Be', le prime volte fa un certo effetto. Ma ci si fa l'abitudine.» Perché era così bella? Cos'aveva nello sguardo?

«Ce l'hai una sigaretta?»

«Non dirmi che fumi...»

«Ce l'hai?»

«È un vizio stupidissimo» disse lui, con un tono da vecchio saggio. La ragazzina alzò le spalle.

«Dopo me le compro.»

«Va bene, te ne do una io.» Non voleva scontentarla, per paura che se ne andasse. Posò la tazza, tirò fuori il pacchetto e glielo passò. Lei lesse la marca e storse il naso.

«Sono leggere?»

«Molto leggere.»

«Che palle...» Ne prese una e se la mise in bocca. Le sue labbra erano più rosse che mai. Mario si allungò per avvicinarle la fiamma, e lei aspirò forte.

«Non sanno di nulla.» Spezzò il filtro, aspirò di nuovo e fece una smorfia.

«I tuoi genitori lo sanno che fumi?»

«Mia mamma forse l'ha capito, ma se lo sa mio padre sono cazzi.» Sembrava soddisfatta di fare qualcosa di proibito. Fumava in fretta e soffiava il fumo dal naso.

«Come mai voi ragazzini dite un sacco di parolacce?»

«Quali parolacce?»

«Ne hai appena detta una.»

«*Cazzo*? Non è mica una parolaccia.» Le spuntò sulle labbra il sorriso della Gioconda. Lui arrossì e si tuffò quasi nella tazza. La ragazzina vuotò il bicchiere, lo riempì di nuovo e scosse la cenere dentro la bottiglia.

«Oh scusa, non ti ho dato il posacenere» disse Mario, desolato.

«Non mi serve più.» La sigaretta e la birra stavano quasi per finire... E poi? Se ne sarebbe andata?

«Domattina parto per Parigi» disse, per stupirla.

«Ci sono andata l'anno scorso. Carina come città.»

«Anche tu sei molto carina...» Accompagnò le parole con un sorriso da nonno, ma non aveva più saliva. Lei ignorò il complimento, fece l'ultimo tiro e buttò la cicca dentro la bottiglia.

«Mi sa che vado» disse, senza alzarsi.

«Ti hanno mai letto la mano?» Non voleva che se ne andasse.

«No.»

«Io lo so fare.»

«Non ci credo mica a quelle stronzate.»

«Vuoi provare?» Senza aspettare la risposta andò a sedersi accanto alla ragazzina e le prese una mano, ma lei la tirò via.

«Non mi va.» Non sembrava troppo scocciata, solo che non le andava di farsi toccare. Aveva un faccino imbronciato, bello da morire.

«Sai che potresti fare la modella?»

«Macché...»

«Sono sicuro che sei molto fotogenica.» Si era guadagnato quel posto accanto a lei, e non si muoveva.

«Nelle foto sembro un mostro.»

«Adesso non venirmi a dire che non sei bella.»

«Macché bella...» fece lei, alzando le spalle.

«Ah, ora capisco tutto.»

«Tutto cosa?»

«Le ragazze belle che si credono brutte sono ancora più belle, hanno qualcosa di speciale... Proprio come te.»

«Vabbè...»

«Dico sul serio.»

«Boh... Mi sa che vado a casa.»

«Ancora un minuto...» Non poteva lasciarla andare via così, e si avvicinò per darle un bacio sulla guancia...

«No, dai...» Fece per alzarsi, ma lui la trattenne con dolcezza.

«Non volevo fare nulla di male... Potrei essere tuo nonno.» La ragazzina lo guardava negli occhi, quasi con sfida, e in quel momento Mario capì che non poteva più tornare indietro... Le afferrò la testa e riuscì per un attimo a premerle la bocca sulle labbra... La ragazzina lo spinse via e cercò di scappare, ma lui la prese con più forza e la sdraiò sul divano, tenendola per i polsi... La mano ricucita non gli faceva alcun male, sembrava completamente guarita... Lei si divincolava, scalciava, e nell'aria si spandeva l'odore buono del suo sudore.

«Lasciami... Porco maiale...» Si mise a strillare, e lui fu costretto a metterle una mano sulla bocca. Il contatto con quella pelle liscia e giovane lo confondeva.

«Stai calma... Non gridare... Ti lascio subito...» Ma non la lasciava. Era veramente lui a parlare? Non riusciva a capacitarsi. Sentiva crescere dentro una forza che non sapeva di avere... Non esisteva più nulla, solo quel corpicino caldo che si dimenava sotto di lui, quello sguardo terrorizzato, quelle dita uncinate che cercavano di strappargli gli occhiali... E tra le gambe una tensione capace di rovesciare il mondo... Doveva entrare dentro di lei, doveva spaccarla in due...

«Vedrai che ti piace... Non sono come quei ragazzini che... Io ti faccio stare bene...» Gli usciva dalla gola una voce brutta, sfiatata, che non riconosceva. Era riuscito ad aprirsi i pantaloni, doveva solo strapparle via le mutandine e...

«Se non ti calmi ti faccio male... Stai buona... Non farti pregare... Ferma... Stai ferma... Piccola puttana...» Ma lei continuava a dimenarsi come una diavola... Per cercare di calmarla le tirò uno schiaffo... Nulla da fare... Era scatenata, e riuscì ad affondargli i denti nel palmo della mano...

Lui soffocò un gemito di dolore e la costrinse a mollare la presa, stringendole con forza le mascelle... Prima che ricominciasse a gridare le afferrò il collo con tutte e due le mani.

«Zitta... Zitta... Zitta...»

Alle nove era già in aeroporto. Nel cielo galleggiava un'unica nuvola immensa, con i contorni sfilacciati. Si era addormentato verso le due completamente ubriaco, e si era svegliato poco dopo le sette. Aveva dormito abbastanza bene. La decisione che aveva preso prima di andare a letto aveva spazzato via ogni residuo di angoscia.

Mentre era in coda per il check-in, una donna si mise a chiacchierare con lui. Era una signora francese che viveva in Italia da più di vent'anni, sposata con un avvocato italiano. Andava a Parigi per il funerale di una vecchia zia. Gli disse che l'aeroporto di Peretola era uno dei più pericolosi del mondo, e che a ogni decollo le veniva un attacco di colite. Mario le disse che andava a Parigi per la prima volta, e che non sarebbe mai più tornato. Doveva avere una faccia strana, perché a un certo punto la signora gli chiese se stava bene.

«Ho un po' di mal di testa...» Anche lei avrebbe fatto la sua dichiarazione, qualche giorno dopo, ai giornalisti... *Aveva un viso stralunato, lo sguardo assente, come se non gl'importasse più di nulla...*

Cercava di non pensare ai suoi figli. Per quanto tempo Simona sarebbe riuscita a nascondere la verità alle bambine? E Francesco, cosa avrebbe pensato di suo padre? Lo avrebbe odiato? C'erano ancora mille domande... Simona avrebbe trovato prima o poi un vero uomo? Francesco era omosessuale? Ma ormai le risposte non lo riguardavano più, non aveva più senso perdere tempo dietro a quelle faccende.

Salì sull'aereo, e una hostess biondissima gli indicò il suo posto. Si sedette con la borsa sulle ginocchia, e si mise a osservare gli altri passeggeri che finivano di sistemarsi. I due sedili accanto al suo rimasero vuoti, e ne fu contento. Pensò addirittura a un segno del destino. La francese era seduta lontano da lui, più avanti, e aveva già attaccato bottone con qualcun altro.

Dopo un quarto d'ora la voce di una signorina annunciò il decollo, e con un po' di difficoltà riuscì ad allacciarsi la cintura. L'aereo si mosse. Lui aveva un posto accanto al finestrino, lo aveva chiesto espressamente perché voleva vedere le nuvole dall'alto.

Il giorno prima, quando era entrato nell'agenzia di viaggi era un uomo diverso da adesso. Si ricordava alla perfezione come si sentiva tornando a casa con il biglietto in tasca. *Firenze-Parigi.* Doveva solo preparare la valigia e far passare il tempo fino alla mattina dopo...

L'aereo arrivò in fondo alla pista, fece dietrofront e a poco a poco prese velocità. Quando si staccò dal suolo, Mario s'incantò a guardare il terreno che si allontanava, le case che diventavano più piccole. Era sospeso in aria, per la prima volta in vita sua. Pochi minuti dopo guardando in basso non si vedeva altro che nuvole inondate di sole.

Rimase incantato a guardare quel magnifico spettacolo per qualche minuto, poi decise che era arrivato il momento. Fece un cenno alla hostess, e lei si avvicinò.

«Mi dica.»

«Potrei avere una bottiglietta di acqua minerale? Muoio di sete...»

«Gliela porto subito.»

«La ringrazio.»

Aspettò con pazienza, e quando la hostess appoggiò la bottiglietta sul ripiano le sorrise. Adesso non mancava più niente.

Aprì la borsa e tirò fuori una confezione di compresse. L'aveva comprata la mattina stessa alla farmacia di via Gioberti. Conosceva bene la farmacista, e le aveva promesso di portarle la ricetta il giorno dopo. Lo aveva fatto molte altre volte.

Avrebbe rovinato la vita ai suoi figli? Simona e Francesco lo avrebbero disprezzato per sempre? E le nipotine? Senza volerlo immaginava il telegiornale delle otto... *Siamo riusciti a parlare con i figli del ragionier Mario Rossi, che appaiono sconvolti... Ecco il servizio... «Dopo la morte della mamma, mio padre ha cominciato a comportarsi in modo strano... Una volta è addirittura partito per Roma senza dirci nulla... Ma non avrei mai immaginato che...» Simona scoppiava a piangere, e Francesco la sorreggeva...* E nessuno sapeva ancora che lui, poche ore prima...

I suoi figli avrebbero ignorato per sempre le sue avventure romane. Non potevano immaginare che in quella città lui aveva vissuto i giorni più burrascosi della sua vita. Forse anche i più belli, nonostante tutto.

Aprì la scatolina e cominciò a inghiottire le compresse, una dopo l'altra, mandandole giù con l'acqua. Dopo aver inghiottito l'ultima lesse sulla scatola: *quaranta compresse.* Non restava che aspettare. Sperava di addormentarsi presto, non voleva avere il tempo di farsi altre domande. Il suo unico desiderio era sparire. Le cose del mondo non lo riguardavano più. Non si sentiva un vigliacco, era il solo modo di concludere una vita come la sua, tutto qui.

Sentiva la testa sempre più ovattata, e per tenere gli occhi aperti doveva metterci impegno. Pensò alla ragazzina. La vide mentre camminava nel sole con le gambe nude, le scarpette bianche... La vide distesa sul suo divano, coperta con la tovaglia del tinello. Era l'ultima immagine che aveva di lei.

La mattina prima di uscire di casa si era avvicinato al divano. Aveva resistito alla tentazione di alzare la tovaglia e di guardare il suo viso un'ultima volta, per paura che non fosse più bella come prima. I suoi genitori sapevano che lei marinava la scuola, che fumava di nascosto e andava con i ragazzi? Quanto tempo sarebbe passato prima che i pompieri...

Non si ricordava bene cos'era successo. La ragazzina a un certo punto aveva smesso di scalciare e lui... Cosa aveva fatto? Sapeva solo che a un certo punto era stato travolto da un'onda di piacere che gli aveva quasi fatto perdere i sensi...

Gli si chiusero gli occhi, e la testa gli cadde sul petto. Sentiva a malapena il ronzio dei motori, ma aveva ancora un minimo di coscienza per capire che stava volando verso Parigi. Pochi minuti e sarebbe finito tutto. Non ci sarebbe stato più niente da dire, da spiegare. Non avrebbe dovuto guardare negli occhi i suoi figli, le sue nipotine, e nemmeno i genitori della ragazzina, i suoi colleghi di ufficio, il giudice, l'ortolano di via Gioberti... Non doveva fare più nulla.

RINGRAZIAMENTI

Laura Bosio e Enneli Haukilahti, editor ufficiale e editor ufficiosa che si incontrano soltanto indirettamente nei romanzi di Marco Vichi.

Fotocomposizione:
Nuovo Gruppo Grafico s.r.l. - Milano

Finito di stampare
nel mese di maggio 2010
per conto della Ugo Guanda S.p.A.
dal Nuovo Istituto Italiano d'Arti Grafiche – Bergamo
Printed in Italy